若山牧水

その親和力を読む

Kazuhiko Ito
伊藤一彦

短歌研究社

帽子にマント、こうもり傘、脚絆にわらじという旅仕度の若山牧水
沼津千本松原にて　昭和3年5月4日撮影

若山牧水——その親和力を読む　目次

若山牧水——その親和力を読む

伊藤一彦

Ⅰ　牧水という人品

一　西行と牧水

若山牧水は昭和三年九月十七日に世を去った。満四十三歳の誕生日を迎えてほどなくだった。牧水が編集発行していた「創作」はその年の十二月号を急遽「若山牧水追悼号」とした。編集の中心だったのは妻の喜志子と門弟の大悟法利雄である。喜志子は巻末の後記に「此の一巻に収められてある文章詩歌を通読して見て、其の享けてきた生命を如何に徹底的に酷使して（好き意味に）死んで行つた彼の人であつたかと云ふことが、今更のやうに身にしみて考へさせられました」としみじみと書いている。

「若山牧水追悼号」はまさに牧水という人が「生命を如何に徹底的に酷使して（好き意味に）死んで行つた」かの貴重な証言集である。その一部は牧水論等で引かれることがあるが、その全体が紹介されることはない。もちろん、「若山牧水追悼号」が今は手に入りにくいという事情もあろう。煩瑣をいとわず紹介してみたい。

三部に分れた「追悼録」に寄稿しているのは、百六十六名である。年内に出版するため原稿を急ぎ書いてもらったのである。そのため都合で間にあわなかった人もいるらしい。それでも百六十六名の原稿が集まったのだった。

巻頭は牧水が生涯にわたって師と仰いだ尾上柴舟の「挽歌」十一首である。二首引く。

愛ふかきちひさき瞳円き顔短き髯は君ならで誰

そのかみの西行芭蕉良寛の列に誰置くわれ君を置く

牧水は早稲田に入学してすぐに柴舟に会いに出かけている。「新声」誌上でよく歌を選んでもらっていたのである。一首目は牧水の瞳、顔、髯の様子を端的に表現している。二首目は「西行芭蕉良寛」に並ぶ歌人として牧水を評価している。師の愛情があふれている作である。

牧水も師を愛していた。柴舟が或るとき語った言葉をその門下だった岡野直七郎が書きとめている。「若山君が、新らしく沼津に家を建てたと言つて来ましてね。序に新らしい蒲団も作つたと言ふのです。そして、是非最初に、私にその蒲団へ寝て貰ひたいから、沼津へ遊びに来てくれと言つてゐますが、私もどうも忙しくて未だに行けないでゐます」。牧水が沼津に家を新築したのは四十歳の時である。若い時代の旧師へのこの心を岡野直七郎は「何といふ可愛い心」と驚き讃えている。また、同じく柴舟門下の石井直三郎は、牧水が師の伝記を書くつもりだったというエピソードを紹介している。

柴舟が牧水を「西行芭蕉良寛」の列に置いた歌と関連させて、歌人で小説家だった岡本かの子の文章を引きたい。岡本かの子と牧水とは交遊があった。牧水は彼女に会うと「一平さんに逢ひ度いですな」といつも言っていたという。

然し何と云つても牧水さんは自然詩人であつた。ただし西行とは異を感じる。西行は何処までも宗教的人生観を根底に持つて後に自然に向つた。牧水さんは自然と直面である。その間に何の思想も観念も介在しない。その点、西行よりより純粋な自然詩人であつたと思ふ。自然を御飯のやうに喰べた。お酒のやうに飲んだ。自然が用捨なく牧水さんに溶流し傾倒し一致したのは当然である。（中略）否、牧水さんこそとりもなほさず自然そのものであつたと云へる。自然の子であり親であり友であり同胞であり恋人である牧水さんが死んで日本の自然も淋しいことであらう。

「牧水さん」

岡本かの子らしい真率さの印象に残るこの文章のなかで、彼女は西行も牧水もともに自然詩人であるが「異を感じる」とはっきりと述べている。宗教的人生観を抱いて自然に向かった西行（そうでない西行論もあるが）と、直面に自然に向かった牧水とは相違するというのである。

牧水はそもそも仏教や神道への関心がうすい。仏教が日本に入ってくる前の、神道が成り立つ前の、日本人の心のありようを思い浮かべる。そして、動植物あるいは山や川に対してアニマを感じる心は強く、その点ではアニミズム的傾向をもつ。宗教について牧水が述べた文章がある。

私は宗教といふものを持たない。また、それを知らない。知るべき機会にまだ遭遇しないでゐるのである。

既成宗教に対する機会も極めて漠たるもので、寧ろ古いお寺とかお宮とか仏像とか、または昔の多くの殉教者たちの伝説などに親しみを感じてゐる位ゐのもので、全く宗教といふことに就いて云々する資格はないのである。

「歌と宗教」

こう述べたあと牧水は自分の場合、「歌」が宗教であると記す。この考えは突飛ではあるまい。或る外国人研究者が、無宗教に見える日本人の神は短歌（和歌）だったのではないかと書いた論文を思い出す。牧水は「まつたく歌に詠み入つてゐる瞬間は、普通の信者たちが神仏の前に合掌礼拝してゐる時と同じな、或はそれより以上であらうと思ふ法悦を感じてゐるのである」と書いている。そんな牧水には西行も宗教詩人とはあまり思えなかったにちがいない。自然の法悦、歌の法悦にひたろうとしたのが牧水の西行像だった。

ねがはくは花のしたにて春死なむそのきさらぎの望月のころ

『山家集』に収められている西行の有名な歌である。この歌の「望月のころ」については二月十五日は釈尊入滅の日であり、自身もこの日の前後に死にたいと憧れていたとどの本にも書かれている。しかし、牧水は「望月のころ」に涅槃会の意味をもちこむことなく、次のように記している。

西行法師は最も純な日本の詩人であつた。これらの歌を読んで居ると、清い、寂しい、静かな自然に帰つて行つて、いまにも『死』の前に辿り着かうとする作者のこころもちが実に無限に我等の胸に通うて来る。斯くて作者はこのねがひのままに桜の花の真さかりのころ杳として無窮のおくへ往つてしまつた。繰返し繰返しこの歌に読み耽つて切りに我が西行法師を憶ふ。

「評釈補遺」

死とは「静かな自然」に帰ること、「無窮のおく」へ往くこと、という牧水の考えであり、西行の歌もそのような作品として味わっている。牧水自身の憧れが記されているとも言える。そして、「若山牧水追悼号」の喜志子の「病床に侍して」を読むと、牧水が憧れたとおりに「静寂な臨終」を迎えたことがわかる。

二　風貌と身装

尾上柴舟は牧水の顔つきについて「ちひさき瞳」「円き顔」と歌っていた。一言でいえば、童顔である。柴舟門下の金澤種美は「明るい、童顔の、オチョボ口を可愛ゆくゆがめて、何時もニコニコしてゐられた」と思い出を書いている。野鳥研究家として著名であり歌人でもあった中西悟堂は十歳上の牧水を慕い交遊があった。「どう考へても、まだ死なす人ではなかつた」と記し、次のように書いている。

僕は由来誰の顔にしろ、その笑顔が一番はつきりと印象に残るたちだが、牧水氏の笑顔ばかりは、とりわけて好きなものだつた。かうして思ひ浮べても、あの南国の顔は僕ににこにこと笑ひかけてゐるやうな気がする。
「小さな思ひ出」

「南国の顔」と言っている。『牧水写真帖』（西日本新聞社、昭和四十四年）を見てみると、笑顔の牧水の表情はじつに優しい。

一方、彫刻家で詩人だった高村光太郎は、牧水に一度も会う機会がなかったことを残念がりながら次のように書いている。

申上げるのは変かも知れませんが、よく写真で見る牧水さんの顔が好きで、折があらば一度彫刻のモデルに坐つていただく事をねだらうなどと思つてゐながら、さういう折も天然には来ず、つひにそれなりになつてしまひました。私一人にとつては此も心のこりの一つです。

「写真の顔」

高村光太郎は残念ながら牧水の顔のどんなところが好きだったかは書いていない。

詩人の萩原朔太郎は北原白秋の紹介で牧水の「創作」に詩を発表するようになった。明治四十三年に初めて牧水に会ったときのことを書いている。

かうした関係から、僕も次第に牧水氏と文通し、遂に創作社を訪ねて逢ふことにした。僕が訪ねた時、牧水氏は二階の汚ない部屋に案内され、酒など出して待遇されたが、当時僕は頭髪など縮らして大にハイカラぶつて居たので、田舎者ムキ出しの牧水氏には、いささか意外の苦手らしく、妙な顔をして僕を不思議さうに眺めてゐた。僕の方でも、牧水氏の意外に田舎者であり、百姓然たる風貌に少しく面喰つた形であつたが、その中に話してみると、非常に親しみがある人物なので、すつかり打解けて懇意になつた。

「追憶」

来訪者にすぐ「酒など出して待遇」というところが牧水らしい。朔太郎は牧水について「田舎者ムキ出し」「百姓然たる風貌」と書いている。ハイカラ者の朔太郎には特にそう思えたにちがいない。そして、牧水が「田舎者ムキ出し」に思えたのは風貌もさることながら、着ている物の印象も大いに加勢した。

中野紫葉は師の柴舟宅で初めて会った牧水の印象を次のように書いている。

確か明治四十一年の三月初めと思ひます、恩師尾上柴舟博士の小石川原町の宅に、柴舟先生と私とお話してゐると、日荒な薩摩絣を着て破れ袴をはき、未だ寒い東京の早春に足袋も、はかずに玄関から無雑作に座敷に現れた円顔の、肥満した学生さんを、尾上先生が《ママ》引合せて戴いた時初めてこれが今名高い新進歌人牧水氏と知つたのでした。

「牧水さんの初印象」

牧水は前年の明治四十年ごろから「新声」誌上の活躍により有名になりつつあった。「幾山河越えさり行かば寂しさの終《は》てなむ国ぞ今日《けふ》も旅ゆく」が話題となり人気を得ていた。だが、破れ袴をはくなど服装は貧しかった。ただ、その貧しい格好を少しも恥じた様子はなかった。牧水の生涯のモットーはオールオアナッシングだったと大悟法利雄が繰り返し言っている。文学がオールであり、服装などどうでもよくてしたがって「無雑作」だったのである。

それは若いときだけではなかった。大正十年、三十七歳の牧水は上高地から焼岳を越え、高山その他で遊んでいるが、早稲田で同級だった高山の詩人の福田夕咲《ゆうさく》は牧水を迎えたときの思い出を書いている。

あるお爺さんの案内で焼岳へ登り、平湯温泉に一泊、それから飄然と高山へ来られたのだそうである。飄然とは全くその時の牧水氏に適確にあてはまる言葉だと思ふ。着流しの尻ぱし折で雨傘とござを斜に背負つて、草鞋がけで高山入りをした君の姿は、牧水氏ならではと思はれる淡白さである。（中略）

宿屋でも、君の無頓着さに幾分みくだり気味であつたらしい。宿屋の女将が、揉手をしながら、こまごまと詫び言をいつて、改めてよい部屋へ案内した様子でも、やや冷遇気味であつたに相違ない。

「牧水氏と飛騨行脚」

「みなかみ紀行」その他の紀行文に記されているいくつかのエピソードを思い出させる。服装にかぎらず、暮らし方も若いときから人の目を気にせずわが道を行くといったやり方だった。西村陽吉といえば、牧水に「創作」の編集を依頼した人物であり、「創作」発刊前後は牧水の下宿をよく訪れている。牧水が当時住んでいた早稲田鶴巻町の八雲館に泊ったときのことを書いている。

いつかこの下宿へ僕も泊り込んだことがある。朝になると牧水は、白い瀬戸引きの洗面器に石鹼箱と、コツプに楊枝、歯みがきの袋などを一緒に入れて、タオルを腰に下げて、階下の洗面所へ顔を洗ひに行つた。全く牧水の部屋に道具らしいものと云つては、その洗面用具の一揃ひと、机の上にペン、インキ、原稿用紙、雑誌新聞書籍の若干、あとは下宿の火鉢に、外出の時の袴と羽織があるぐらゐなもので、サムプル極るものであつた。町家に生れて、複雑な町家の生活に馴れてゐた私には、不思議にこの朝の牧水の生活ぶりが頭を去らない。

「若山牧水雑記」

牧水は上京後に幾度となく引越しをしているが、このわずかの道具であれば、引越しは簡単にできたはずである。もっとも、このような「サムプル」な暮らしは牧水に限ったことではなく、少なからぬ若者がこのような生活だったはずである。

学生時代の牧水は故郷からの仕送りを受けていた。実家の経済状態がわるかったので、一番上の姉の稼ぎ先からの仕送りだった。その金額が十分でなく、牧水は無心の手紙を書き送っている。たとえば早稲田二年生の秋に義兄あてに「九月上京以来の小生の困難は非常のものにて、教科書のみにても皆揃へて買へばとても十四五円では足らず、やつと半分ばかり間に合はせて、それに授業料も今まで二円八十銭なりしが今度大学本科に入りては毎月三円二十銭と相なり、それに十月分の授業料は兄上《アナタ》が送つて下さらなかつたので、もう実に血を吐くやうな思ひを致し候、着物なども目の前に必要でないものは皆どうかしてしまひ、羽織などは着たままに候」（明治三十八年十一月七日付）と訴えている。この手紙の終りには近所の子どもを集めて英語や読書を教え、アルバイトもしていますと書いている。仕送りがなくなった卒業後、就職しなかった牧水は文学雑誌の発行によって収入を得ようとするが、それは簡単なことではなかった。卒業後の収入は短歌の個人添削指導などによっていた。そんなときに東雲堂の西村陽吉（辰五郎）から新雑誌

「創作」の編集依頼があり、牧水は大いに喜んだのである。

三　新聞記者

牧水が就職して社員として働いたのは生涯に二度だけである。一度目は明治四十二年七月から四か月あまり勤めた「中央新聞」、二度目は明治四十四年十二月から一か月あまり勤めた「やまと新聞」の記者である。

「中央新聞」には早稲田の学友の安成貞雄の紹介で入社した。同じく安成貞雄の紹介で、ほぼ同時期に入社した光用穆が記者時代の牧水について書いている。

若山君も僕も、初めは社会部の外交といふことであつたが、僕は二三ヶ月で家庭部へ廻されて、主として翻訳などをやらされることとなり、若山君は社会部に止つてゐたが、外交記者の腕の振ふ突発事件などはあんまり手がけなかつたやうに覚えてゐる。（中略）酒は当時も随分飲んでゐたやうだが、不思議に、中央時代に若山君と飲んだ記憶が少ない。若山君は歩くのが好きで、歩く時にはきつと着物を端折つて帯に挟んだものである。そら、又若山君が尻をまくつたと云つてよく笑つた。

「中央新聞時代」

「中央新聞」に牧水が署名入りで書いた記事は『若山牧水全集』に七本が収められている。まずまずの仕事をしていたと一応は言えよう。ただ、牧水の願いは文学の仕事であり、そのため記者の仕事に特に熱心だったわけでなく、退社することになった。この「中央新聞」に勤めていたころにスポンサーになってくれている長姉スヱにあてた手紙がある。スヱは、牧水は長男であり、故郷に帰って就職し、父母の面倒を見よと言ってよこしたのである。

たいへんなおしかりをうけましてまことに於それいりました、父母のことについて、私もどうしたいこうしたいと思《ママ》はないことはないのですけれど、目下《いま》のところどうにも私のちからに出来《でき》ませんから、こころならずもしつれいして居るのです、それがため心《こころ》がとがめて手紙《てがみ》さへよう出《だ》さずに居るのです、国にかへつて月給とりになれとのことですけれど、国にかへつたところで、私のする仕事《しごと》はひとつもないではありませんか、あればいつでもかへります、

（中略）

いますぐにと云ふわけにはまゐりますまいが、ちかいうちに毎月《まいつき》いくらかづつでも金をお送りすることに致しませう、それでなくば、一度《いちど》私がかへつてお父《とう》さんとお母《かア》さんとをこちらに連《つ》れて来《き》ませう、そしてこちらで、出来《でき》るだけ孝行《かうかう》を致《いた》しませう、

（明治四十二年九月二十八日付）

弁解の手紙であるが、書いている内容は本心だった。

牧水に「貧乏首尾無し」という文章がある（『樹木とその葉』所収）。いつ貧乏になり、いつまで貧乏だったと自分の場合は言えず、ずっと貧乏なので、貧乏の感覚もないという、さすが貧乏のプロの牧水らしい文章である。そのなかに「中央新聞」時代を振り返った一節がある。「学校を出ると程なく京橋区の或る新聞社に勤めた。月給は二十五円であつた。社命で止むなく大嫌ひの洋服を月賦で作つたが、ネクタイを買ふ銭がなく、それ抜きで着て出たところ――さうだ、靴をば永代静雄君のを借りて穿いたのだつた――社の古老田村江東氏が見兼ねて自分のお古を持つて来て結んで呉れた。居ること約半年、社内に動揺があつて七人ほど打ち揃うて其処を出た」。

その後二年ほどたって勤めたのが「やまと新聞」である。やはり安成貞雄の紹介だった。ただ、情実で入社したのではなかったらしい。後には文筆家として活躍した生方敏郎が「歌人若山牧水が、新聞記者の試験を及第した事は全く一つの驚異であつた。然も其処には何等の情実がなかつたのだ」と書いている。

其の試験問題は四つばかりあつたと思ふが、一つだけしか私の記憶にない。それは外でもない。誰の紹介状も持たずに、いきなり行つて花月の女将の談話を聞いて来る事であつた。談話を取る事は、容易の事ではない中でも、特別に料亭の女将の話を、全く初《うぶ》な歌人に取らせると云ふ事は随分の難題であつたに相違ない。然るに彼は、忽ち女将に会つて談話を取つた。然もそれが、職業的新聞記者に対して語る様なものではなく、実にデリケートな、のんびりした内容豊富な、傑作であつた。然もその談話を取りに行つた時の、牧水の風采と云ふのが振つて居る。紺絣の浴衣に、小倉木綿の白つぽいよれよれになつた袴を穿て、素足に尻切れ草履を引きづつ《ママ》たものだつた。斯う云ふ風采で、新橋切つての大割烹店花月の女将に会つて来たと云ふのだから、誰も皆驚いた。新聞記者の第一の資格は押しの強い事であるが、牧水は決して押しで勝利を得たのではない。彼は歌人並に羞《はにか》みやであつた。又押しが如何に強くとも、あの風采では玄関払ひを食ふに決つて居る。然るに彼が成功したのは、其の熱心と、其の素朴と其の優雅と、隠すに隠されぬ其の人格の光りに依るものであつた。

「電留朝臣牧水を憶ふ」

面白いエピソードである。最後の一行に注目したい。「其の熱心」「其の素朴と其の優雅」「其の人格の光り」は、牧水の人と生き方をよく物語っている。（「素朴」と「優雅」は反対のように思われるが、牧水の場合は「素朴」さがそのまま「優雅さ」になっていたのだ）。入社後はその才能が認められて訪問記事の仕事がまわってきたが、二十日あまりで会社をやめた。その間の事情と心中は、翌年創刊の「自然」に「手紙に代へて」に詳しく記している。

四　純情と抒情

人柄と作品については「若山牧水追悼号」には当然多くの言及がある。牧水より七歳上の先輩格の歌人の窪田空穂の文章を代表として引いてみよう。

　私は若山君とは縁が薄かつた。親しい交りを求めたい心は常に持つてゐながら、つひにその機会がなくてしまつた。永いあひだ、同じ東京に住んでゐながら、話をしたのは三四回、或は四五回くらゐなものだつたらう。しみじみ話をしたことは一度もなくてしまつた。

　親しい交りを求めたかつたといふのは、芸術家としての若山君を尊んでゐたといふ意味ばかりではなく、人としての若山君を好きだつたといふ意味からであつた。それでなければさうした心は起らない。私には若山君といふ人は、いかなる場合にでも、根本の信じられる人に思へた。少しの不安もなく信じられる人に思へた。私にはそれがなつかしかつたのである。

（中略）

　若山君の歌は、何んなに詠みそくなつたものでも、必ず詩になつてゐる。純情の所産だからである。若山君の強味も弱味もそこにある。時代は移りに移る。しかし抒情詩は結局純情のものである。離れても、幾ばくか離れるに過ぎないものである。

　歌人としての若山君を評するには、時の距離が必要だ。時が来たら、必ず仔細に評されることであらう。


「若山君について思ふこと」

　空穂が牧水と「縁が薄かつた」理由の一つははっきりしている。空穂が酒がだめだったことである。酒はつきあわなかったが、「根本の信じられる人に思へた」と書いている。ただ、具体的なことは空穂は記していないので、詩人の川路柳虹の文を捕足の意味で引いておこう。「人間としての滋味——とでもいふもの、友情にふかく、世間的経験に於て理解ふかく、どこ迄も情の人として人生に対してをつた人として映ります。そして今のやうな交友に利害関係の纏る時代にはまことに古い型の人で、そして一番頼みになる人だつたのです」。牧水が「利害関係」と別のところで人と交際したことは多くの証言がある。文学仲間や門下生から信じられ、頼られたのはその意味で当然だったと言えよう。

牧水のヒューマンな人柄が最も表われているのは、そんな知己との交際もさることながら、名も知らぬ一回かぎりの無名の人との出会いの場面かも知れない。熊本の門下生の高松千鶴子は大正十四年十月に来熊した牧水を阿蘇に案内したときのことを記している。そのなかにこんな一節がある。

> 下りには千里ヶ浜を通り、それから湯の谷の方へと下りや《ママ》うとする坂の上の眺望の好い所に、まだ夏の名残らしい茅屋の粗末な茶屋があり、中には嫗さんが一人少しの蜜柑を売つて居ましたが、先生は中にはい《ママ》つて其不味さうな蜜柑を買つておいでになりました。おそらく牧水先生によつて幾日ぶりかに、この日ざらしの小さいしわがれ蜜柑は買ひ取られた事でせう。しかも過分の代価を頂いたらしく嫗さんは、いく度もおじぎをして居りました。私はかつて読んだ先生の紀行文中に、或寒村で酒をお上りになり、其代価であつたかどうしても受取らないので、其処の石垣の上にそつとのせて置いたと云ふところのあつた事など思ひ出し、涙ぐましい尊い感じがしました。
>
> 「おもひで」

売れ残っている日ざらしのしわがれ蜜柑をわざわざ牧水が買ったのは同情ではない。親近感であると思う。客もめったに来ないところで営々と茶店を営みながら働いている媼に対する、人間としての親近感である。媼はもちろんその親切な客が有名な歌人であるとは知らなかったし、牧水もそんなことを名のる人間ではなかった。

高松千鶴子が「先生の紀行文中に」云々と触れているのは「吾妻の渓より六里ヶ原へ」である。大正七年十一月の旅で、汽車に間にあうために茶店で昼の酒と飯を急ぎすませた牧水は、いつもそうするように心付けを添えて代金を店のいろりの端に置いて出ようとした。すると、たまたま昼飯を食いに家に帰っていた息子か孫かの若者が「こんなものは貰わない！」と言って、その金を牧水の方に投げ返した。以下は牧水の文章で直接見てもらおう。

私も驚くと共にむつとしたが、婆さんは更に魂消《たまげ》た。ころがる様に土間に飛び降り、散らばつた銭を掻き集めて、

「勿体《もつたい》ない事を、まアお前、勿体ない事を……」

とおろおろしながら、憐れみを請ふ眼で私を見上げてそれを渡さうとした。

若者は可笑しい位ゐ険しい眼で私を睨んで立つて居る。私は老婆が気の毒なので、黙つて銭を受取りながら、同じく黙つたまま帽子を取つて土間を出た。

その家は道路からやや高くなつてゐた。庭先から石段を降りて道路に曲る。その道に曲つて二三間すたすた歩いて後を振返ると腰障子の間からまだ腰を屈めて老婆が泣き相な笑顔をして

見送つてゐた。私はそれを見ると先刻《さつき》のまま手に握つてゐた銀貨銅銭をツイ側の、私と同じ位ゐの高さになつてゐる石垣の上に置いた。

「吾妻の渓より六里ヶ原へ」

さりげなく銀貨銅銭を石垣の上に置く行為が印象に残る。そして、道を急ぎながらその若者のことを「初め腹立しく、やがて可笑しく後には少年の頃の自分自身を見る様な心が起つて、そぞろに涙ぐましい思ひがして来た」と文章は続いていく。人間としての親近感でやはり若者のことを想っており、そこが牧水らしい。

死者に対する悼み方も牧水には特色がある。そのことに触れているのは早稲田の親友だった佐藤緑葉である。緑葉は牧水の思い出のなかで忘れることのできない三つがあると言い、その冒頭に次のように書いている。

その一つは同君の人の死に対する表弔ぶりである。これも学生時代の事であるが、同君と郷里を同じうする日向のあれは細島の人であつたと思ふ、吾々と同じクラスで私も顔は見知りごしであつたが某といふ人があつた。この人の家族で若山君も知己であつた若い人が亡くなつた時である。その折若山君は非常に気の毒がつて早速弔問に出かけた様子であつたが、その葬式の日には武蔵野の奥のある村へ旅行して、そこの寂しい宿屋でひとり心ゆくまで通夜をしたのであつた。この事は其当時まだ人の死などに遭つた事の無い私に何とも云へない深い感動を与へた。本統に人を悼む心といふのがかういふのであらうと私はしみじみと感じたのを覚えてゐる。

「学生時代の二三の思出」

緑葉のこの文を読んで思い出すのは、石川啄木が死んだ時のことである。家族以外では牧水だけが啄木の臨終を見まもり、翌日の葬儀の準備等を友人として懸命に行ったが、牧水自身はみずからが準備した葬儀には出なかった。「石川啄木君の歌」のなかで牧水は啄木の危篤から葬儀までを詳しく記している。そして「都合があつて葬儀には出られなかつた」と書いている。「都合」とは「ひとり心ゆくまで」啄木の死を悼むためではなかったか。啄木の哀悼以上の大事は牧水にはなかったはずであるから。

五　恋と朗詠と海

牧水は明治四十三年に恋愛歌集『別離』を出版し、広く知られる歌人となった。この歌集の背景には、五年間におよぶ恋愛の体験がある。相手は一歳上の園田小枝子である。彼女はすでに結婚している身であり、そのため恋愛は懊悩に満ちたものにならざるを得なかった。

その牧水の恋について語っている文章はほとんどない。それは喜志子と結婚する前に交際していた女性だから遠慮して書かなかったということではない。そもそもみずからの恋愛について牧水は友人に語っていないのである。早稲田の親友だった土岐善麿が恋についていては「歌にはつくつても、口には、友達にもあまりそのデテールについて語ることをしなかつた」(「牧水追憶」)と書いている。善麿にすらベールをかぶせていたのである。

その牧水が例外的に恋愛を打ち明けていたのが、延岡中学の級友で、生涯にわたって親交を続けた鈴木財蔵《さいぞう》(財三とも書く)、後の平賀春郊《ひらがしゅんこう》である。牧水が春郊にあてた手紙は二百六十四通も残っている。春郊は恋愛の経緯を知っていた。そんな春郊が「つひ筆が滑ってしまった」と言って書いている貴重な逸話がある。


大正何年かの秋の事では無かつたかと思ふ。或夕方若山君が如何にも嬉しさうな顔つきで訪ねて来た。

僕は今珍しいものを見て来た。これで重荷を卸した様な気がする。展覧会に誘はれて行つたが僕だけ入場しないで芝生に横になつてると向うから思ひがけないものがやつて来るぢやないか。アツと思はず跳ね起きかけたが幸にあちらは気がつかないで行つてしまつたよ。如何にも上品な確に中流以上の家のお婆さんらしいのと二人連れでね。僕は呆気にとられてそのうしろ姿を見送つて今君の所に飛んで来た訳さ。いつもどんなみじめな生活をしてるのかと今日まで心苦しい思ひをしつづけた訳だがまアよかつた。これでまア僕も楽に死ねさうだ。

といひながら独りで非常に喜んでゐた。その日、若山君は上野公園で偶然にも或思ひがけぬ幸福のかたまり見たいな者が通るのを見て驚いてしまったのらしい。驚いたといふよりも何か知らぽつかりと安堵してしまつたらしい。（中略）そして君の安らかな往生も此の上野での安心《ママ》が或は幽かながらも糸をひいてゐたのぢや無かつたらうか。その夜は今思ひ出してもほんとうに月の明かな気持のいい晩であつたが。

牧水は明治四十四年に別れて以来、初めて小枝子の姿を見たのである。二人の恋愛の経過と結末についてここで詳しく述べる紙数はないが、一言でいえば牧水は強く結婚したいと思いながらその夢を実現できなかったのである。人妻であることを知っても、なお小枝子と結ばれようとしたが、彼女は牧水といわば三角関係になっていた従弟の赤坂庸三と再婚した。牧水が彼女を怨み、憎んだとしても当然である。ところが、牧水は自分のもとを去ったあと彼女が幸福そうな姿をたまたま見かけて大いに喜び安堵したという文章である。

それだけずっと彼女の身の上を案じていたことが分かる。彼女と別れたあとも、彼女は心のなかの恋人だった。小枝子に似た女性に会うと、尋常ならず胸がときめいたことを牧水みずから歌っている。喜志子との結婚後もそうだった。ただ、小枝子はあくまで心のなかの恋人であり、現実に小枝子との仲を取りもどそうなどという考えは一切なかった。願うは彼女の人生のその後の幸福だった。「これでまア僕も楽に死ねさうだ」と牧水は春郊に語ったというが、どれだけ彼女の幸福を祈り願っていたかその心は深く寛《ひろ》い。

「若山牧水追悼号」において多数の人が思い出を書いているのは、朗詠と酒である。この二つは牧水を語る際にしばしば取りあげられて有名なので後にまわしたのである。
朗詠は若いときからだった。早稲田で友人だった俳人の飯田蛇笏の文章を代表として引こう。

　牧水君が山吹町の宿に居た頃がいちばん来往のはげしかつた時だつたと思ふ。私はやはり発句で、君は短歌だつたが、話はいつも創作についてではなし合ふことが多かつた。或る日、ひよつこり君が戸塚の私の宿へ尋ねて来て、いいところを俺が見つけたから行かないかといつて誘ふので、一緒に出かけて行つてみると、其処は緩い傾斜の松林で、稚松の間に、穂をそそけだつた芒が疎らにとび生えてゐて、秋日影が万遍なく林を照らしてゐた。からつとした青い空の下に、早稲田の田合《ママ》村が遠く見渡せた。何でも目白台近傍の林の中だつたらうとおもふ。
　二人は若い日に酔ふ《ママ》てから、枯草の上へ寝そべつたり、又起きては話しながら歩いた。その時、君がうるはしい声をはりあげて唄ひつづけた面影は今も深く私の印象にのこつて居る。「はるの雨降れる宵なりあたたかう君にながるる我が涙かな」といふ歌は、自作のだつたか誰か他の人のだつたかしらぬが、しきりに繰り返してこの歌をうたつたことをおぼえて居る。

「歳月ながるることの迅さ」

明治三十年代後半の文学好きの若者の二人の姿を彷彿とさせる。牧水と交遊を深めた蛇笏は後に「創作」にほとんど毎号俳句を発表するようになった。
　牧水は延岡中学のときから朗読や朗詠を好み得意としていた。中学の同級生の村井武は、寄宿舎の「第一回の茶話会で、だれの文章だつたか、君は東海道紀行の一文を朗読したね、アノ音調、アノ態度、満堂をアツと云はせたぢやアないか」（「若山！繁ちゃん」）と書いている。

牧水は生涯にわたって朗読や朗詠を愛した。文学を声に出して味わい、耳を楽しんだ。どんな作品を朗読したかというと、追悼号の執筆者の思い出によれば、国木田独歩の「武蔵野」「牛肉と馬鈴薯」、島崎藤村の「若菜集」、薄田泣菫の「ゆく春」などだった。朗詠は特に好んだのは山部赤人が富士山をうたった長歌「天地の分れし時ゆ……」だった。もちろん、自作の詩歌も朗読や朗詠をおこなった。

酒については、ここに紹介しきれないほど数々の逸話が語られている。さすが酒仙と言われた牧水である。七歳上の従兄の若山峻一もそんな逸話を紹介しつつ「彼の酒を好んだのは、彼自身のせい《ママ》といふよりか、彼の父母血縁が酒を飲ましめたといふ方が遙かに当つてゐる。私たちの系統は飲まなければならないやうに仕組まれてあるのである。前にもちよつと言つたが、彼の父、私の父共に酒の虫であつた。此の兄弟が一度逢へば三日でも四日でも喧嘩しつつ飲み続ける傾向を持つてゐた」（「牧水について」）とその優れた血統を書いている。

その血統のうえに、小枝子との五年間の恋愛の懊悩が牧水を尋常ならざる酒飲みとした。そして、長年の大量飲酒が彼を死にいたらしめた。「若山牧水追悼号」には主治医稲玉信吾の「病況概要」と看護婦持田淳子の「牧水先生をおみとりして」、そして妻の喜志子の「病床に侍して」が掲載されており、それらを読むと最期のときまで酒とともにあった人生だったことがしみじみと語られている。

早稲田で知りあって以来、親友の一人だった歌人の土岐善麿の文章を引いておこう。

牧水は遂々酒に命を奪はれた。——

といふやうに考へることは、彼に対してあまりに粗雑すぎる。彼は酒と融合同化してしまつたのだ。その「酒」は、舌にあまく、腸に沁みたに相違ないが、彼の長からぬ生涯を通じて思へば、あの芭蕉や西行の感じた人生の「寂しさ」が彼にとつては「酒」に象徴されてゐたのだ。

寂しさにおのおの耐へて在り経つついつか終りとならむとすらむ

かういふ晩年の一首を読んでも、彼の「寂しさ」は純粋に東洋的な、伝統的なもので、西洋的の哲学思想とか、新しい社会思想とかいふことの要素は、殆んど彼に没交渉のものだつた。彼が徹頭徹尾日本固有の三十一音詩にその表現様式を定めて、他を顧みることの無かつたのも、むしろ当然だし、自然だつたといつていい。

「牧水追憶」

短文ながら、牧水の本質を捉えた文章である。「融合同化」こそ牧水の生きる態度だった。酒と「融合同化」し、「寂寥」と「融合同化」し、短歌と、「融合同化」しようとしたのが若山牧水の人生だった。そして、そんな親和力あふれる牧水が多くの人びとに親しまれ愛されていたことを証しているのが「若山牧水追悼号」である。

※文中で特に出典を記さず引いている文章はすべて「若山牧水追悼号」からの引用である。

Ⅱ　運命の女――小枝子

一

　牧水の代表歌集『別離』は恋愛そして失恋の歌集である。モデルになっている女性がおり、園田小枝子としてその名は今日よく知られている。だが、彼女については長く秘密のベールに包まれていた。

　園田小枝子について詳細が分かったのは昭和五十一年である。大悟法利雄が「牧水の恋人小枝子を追って」を同年の「短歌」十一月号に四十ページにわたって発表した。それも小枝子の写真つきで。『別離』出版から六十六年後のことだった。「牧水の恋人小枝子を追って」の冒頭部分を引いてみる。

昭和四十七年の春もまだ浅い三月八日の午後五時二十五分、東京品川御殿山のある家の一室で、数え年八十八歳の老女が静かに最期の息を引きとった。その名はサヱといっただけではなんの注意も惹かないだろうが、彼女こそは、若山牧水の『別離』時代の恋人小枝子その人なのである。

大悟法利雄は大正十一年に沼津の牧水を訪ね、翌年から助手として牧水の近くにあった人である。牧水について最も知悉している研究者と言っていい。小枝子のことも長く調査していた。しかし、彼女の生前はおそらく発表をひかえていたのであろう。彼女の死後四年たって大悟法利雄は調査研究の結果を一気に発表したのである。牧水の人生と文学を理解するためには小枝子について知る必要があり、「私には一度すべてを書いておく責任があり、今はそれをやっておくべき時だと思われるので、改めて私の知っていることを何もかもはっきり書いておくことにしよう」と先の冒頭の文に続けて大悟法利雄は書いている。(注1)

小枝子のことは長く謎だった。手もとのいくつかの本を見てみる。牧水の死から十五年たった昭和十九年出版の山崎斌《あきら》著『牧水』(紀元社)の該当ページには次のように出ている。

さて、牧水の一大事件である。

それは、この某女との恋愛である。彼は、テレ屋だとは、はじめに書いたが、或は甚しく秘密屋だとも言はれるほどに、こんなことには隠したがる性情さを持つてゐた。この事件も、遂に、友人達には輪廓丈は見せたが、誰にも判然とした処をば遂に見せなかつた。

小枝子はまだ「某女」としか書かれず、恋愛の経緯についても「判然とした処」を牧水は語らなかったと記している。

戦後になって、たとえば昭和三十四年出版の横田正知著『日本文学アルバム　若山牧水』（筑摩書房）になると、「何某小枝子と熱烈な恋愛に陥った」云々と記されているが、まだフルネームではなく、それ以上のことは記されていない。

昭和四十四年出版の森脇一夫著『若山牧水研究―別離研究編―』（桜楓社）は、そのタイトル通り『別離』研究の一冊である。十七章から成り、総ページは三百六十ページをこえる。その一章に「『別離』に歌われた女性」がある。日高秀子や石井貞子もその中で取り上げられているが、中心は園田小枝子であり、十八ページが彼女の記述に割かれている。牧水の『別離』の恋愛の歌、そしてその時期の書簡などを引きながら、小枝子の姿に迫ろうとしている。しかし、その実像にはなかなか近づけないでいる。ただ、ある人による証言の記録は貴重であり引いておこうと思うが、その前段の部分を先ず引用する。

この女性のことは第三者にはほとんど知られていない。青年時代牧水ともっとも親しかった北原白秋も「早稲田大学時代には（牧水は）佐藤緑葉君と一番親しくしてゐたやうに思ふ。私も可なり親しい方だつたと思ふが、しかし若山君はある一線を画してゐて、その内部に踏み込

ませないといふところがあつた」と述べて、この問題についてはほとんど知らぬといっている
し、佐藤緑葉も、「私は彼女には直接には二度しか逢つてゐないし、家庭の事情とか、境遇と
か、乃至頭の傾向とか、さうした事は一切話しあつたことがないから何も知らぬ。ただ私が逢
つた折の外的印象だけを云へば、その人は可なり美しい人だつた。背は高い方で――恐らくは
牧水より高かつたのではあるまいか――眼に悲しさうな色を湛へてゐる人だつた。若々しい娘
と云つた感じは殆どなく、既に人生の実際上の経験を相当に重ねてきたといふ風があつた。浪
漫的な匂ひを見せるものは何もなく、寧ろ現実的な生活に疲れたやうな感じの見える人だつ
た」と述べている。

『別離』の作品に、

恋人のうまれしといふ安芸《あき》の国の山の夕日を見て海を過ぐ　（瀬戸にて）

というのがあるから、広島県生れの女性であったことはわかる。

これが前段の部分である。白秋の文章も緑葉の文章もすでに知られたものである。そして以下
の部分が森脇一夫が新たに得た証言である。

ところで、この女性のことをかなり詳しく記憶している人がある。それは牧水が明治三十九
年四月以来何度か宿泊した百草山の茶屋喜楽亭を経営していた石坂義兵衛氏（故人）の長女や
まさんである。明治三十九年十二月号の「新声」に「柿紅葉桜紅葉のなかに住む山家の子なり

瞳の涼しさよ」と歌われた「山家の子」がこのやまさんである。牧水は明治四十一年四月の末、問題の女性を伴って百草山に遊び、喜楽亭に二泊した。やまさんは現在七十歳、なお元気で百草園のほとりに住んでいるが、当時は数え年十一歳であった。かの女はいまもそのときのことをよく記憶していて、その女性は、だれの目にもつくような長い袂の着物を着ていたことだの、牧水たちに連れられて多摩川の方へ散歩に行ったとき、途中の小川を渡るのにその女性を牧水が背負ってやったことだの昨日のことのように思い出されるといっている。（中略）

その女性を牧水は「園田さん」と呼び、やまさん親子も「園田さん」と呼んでいたことを今もはっきり記憶しているという。やまさんに何回か会った印象では、人柄も良く頭もよい人のようであるから、この記憶の信頼度はかなり高いものと考えられる。もし、やまさんの記憶に誤がないものとすれば、この女性の名は園田小枝子である。

やまさんはまた、園田さんというその女性は、簪《かんざし》の学校に通っていた人で、喜楽亭に来たとき美しい花かんざしをもらったということを覚えている。日本髪や額《ひさし》髪全盛の当時には、そういう学校があったのかも知れないし、絵ごころのあった女性だということは確かであるから、そうした方面のたしなみがあったことも事実であろう。

喜楽亭の主人と娘の証言によると、牧水は明治四十一年の四月ごろ「園田さん」と呼んでいたという。牧水と小枝子が千葉県の根本海岸で過ごしたのは四か月前であり、この時期はまだ姓で呼んでいたらしいことなどが分かる。また、簪の学校に通っていたとのことで、彼女が身を立てるために何か学ぼうとしていたことも窺える。

しかし、園田小枝子という女性が、どんな「家庭の事情とか、境遇とか」だったかは、森脇一夫は知り得ないでいる。大悟法利雄の「牧水の恋人小枝子を追って」の重要さが分かろうというものである。

二

園田小枝子について触れる前に、牧水と三人の女性との関わりについて述べておきたい。

先ず、当然ながら、母親のマキである。「おもひでの記」の中で牧水は「母といふより姉の気がした。更に親しいをんなの友達であつた様にも思はれてならないのである。私は前に断えず山に入り込んで遊んでゐたと書いた。この癖を私に植ゑたのはまさしく私の母であつた」と書いている。母の強い愛情を受け、母の感化と影響のもとに牧水の感性が育まれたことはどれだけ強調しても強調しすぎることはない。そして、母親であると共に「親しいをんなの友達」でもあったマキと牧水は十二歳の時から別れて暮らすことになった。延岡高等小学校入学のためである。そのことが母恋いの心を一層強めたと思われる。母の名のマキをペンネームの一字にしたのはその延岡時代である。そして作歌を始めた明治三十四年に次の一首を残している。


家にいます母の寝醒や如何あらんあかつき寒き秋風の声　『補遺歌篇』

延岡中学三年の時の作であるが、少し幼いぐらいの内容である。もっとも、後に早稲田に進学して三年生の満二十二歳の時にすら次のように歌っている。

母恋しかかるゆふべのふるさとの桜咲くらむ山の姿よ　『海の声』

母の前では何歳になっても「少年」であった。それは牧水が世を去るまで生涯変わらなかった。

延岡中学時代の五年間、牧水は同年代の女性に対して特別に関心を抱いていないように思える。男子ばかりの中学だったということも一因だろうか。もう一つの理由として牧水が「お母さんっ子」だったことも考えられる。そして、母親が自分の存在をまるごと受容してくれた体験は、以後他の女性に対しても自分の受容を激しく求める生き方につながっていく。

早稲田の学生になって親しくなった女性に、内田もよがいる。牧水は上京後、宮崎県の西郷出身の小野葉桜と同じ麴町の下宿に住んだ。同郷出身の若者の出入りが多かったことが牧水の日記に書かれている。内田もよもその下宿に住む宮崎出身の者を尋ねてきて、そのことが縁で牧水と知り合いになった。彼女と牧水との関わりについては塩月眞著『牧水の風景』が詳しい(注2)。色白の美人だったという彼女は玉川に住んでおり、脚気を当時病んでいた牧水は明治三十七年八月半ばから一か月ほど玉川の内田家のある住居で世話を受けることになる。塩月眞は「特別な感情なしに若い内田もよが、ああまで積極的に世話を買って出るものだろうか」と疑問を投げかけ、「もよは牧水へのほのかな思いを抱いていた」と述べている。(注2)もっとも、牧水の方は親しみを感じてはいたが、それ以上の気持はなかったらしい。そのために内田もよについては塩月眞の他には特に取り上げる人もいない。ただ、次のことだけ触れておきたい。

吾亦香《われもかう》すすきかるかや秋くさのさびしききはみ君におくらむ　　『別離』

有名な歌であり、歌壇を越えて人々に愛誦されている。たとえば林芙美子の昭和六年の小説「清貧の書」の終りに引かれ「眼の裏に浸みる歌のひとふし」などと書かれている。(注3)では、この「君」とは誰か。後で触れる日高秀子という説、園田小枝子という説、などがある。「君」を特定できない理由の一つは、雑誌の初出を確認できていないからだ。『別離』の作品には歌集編集時に新たに入れられた歌があり、この歌もそうである。

私はこの「君」は内田もよ、少なくとも彼女がモデルであると考える。牧水が内田宅を去る三日前の日記の一節を引く。内田もよ、そして一家の人々と別れの散歩をしている場面である。

九月十五日……とどろき村とやらむの吾妻神社へ詣で、転じて滝に至り、堤に添ふ《ママ》て玉川に出で、わが家のまへ通りての帰りなりければ、暫時休みて、やがてわかれぬ。武蔵野の秋、いよよ深うして、萩、女郎花、藤袴、彼岸花、すすき、刈萱、栗さへほほゑみて、入興云ふやうもおはさざりき。

その二日後の九月十七日の日記には「もよ様訪へばわかれの言葉しめやかなり」と書かれている。もよは牧水との別れがつらかったのであろう。そんな彼女に贈った歌と思えるのである。右の九月十五日の日記の終りの秋の草花の列挙が私にそう想像させる。もっとも、歌の初句の「吾亦香」は日記には出てこず、作歌時に新たにイメージされたものかも知れない。そして、この歌が『別離』の中で「恋とならぬまに別れて遠きさまざまの人」を思い出している一連にあることも「君」を内田もよではないかと考えるもう一つの理由である。(注4)

なお、玉川にいた一か月ほどの作は、この年の「中央公論」十一月号に出ている。鈴木財蔵《さいぞう》にあてた同年の十一月十九日の手紙で「玉川にゐた時分のものを、今月の『中央公論』といふに出しおき候」と書いている。

やさしくばすねけり人のつれなくば恨める秋のこの子いかにせむ

その中のこの歌などは内田もよのことかも知れない。内田もよと牧水の交際がその後も続いていたことは同年の牧水の日記を見れば明らかである。しかし、牧水が彼女に特別の思いを抱いたという形跡はない。

明治三十八年になると、「恋」の語を用いた歌が詠まれている。

うつらうつら春の海見る夕なぎやひとみおぼろに浮く恋の島　明治三十八年三月「新声」
過ぎし世の秋めく日なり夕影のにぶき小窓に人恋ひをれば　同　十一月「新声」

ただ、これらに恋の現実感はなく、趣向や空想の域を出ていない。実際この年の牧水の日記や書簡を見ても、特に関わりが深かった女性がいるようには思われない。明治三十八年と言えば牧水は数え年の二十一歳であるが、この時代の若者の恋愛の一般的な状況はどうだったのだろうか。牧水はおくてだったのだろうか。或いは先の「母恋し」の歌のように母恋いが続いていたのだろうか。

翌明治三十九年前半の歌を引く。

桜の日恋知りそめしきのふよりこの世かすみぬうすむらさきに　明治三十九年四月「新声」
遠海のほの鳴るごときおもひかな春の灯かげに人恋ふる夜は　同　五月「新声」

やはり前年の傾向と変わらない。
しかし、次の三首はどうであろうか。

松透きて海さやさやにあけぼのの彩こそまされ君と別るる
別れ来れば松の下草夏花の白きがおほしあけぼのの路
汐の香に鬢のにほひをかよはせて鏡すずしき磯の人かな　　明治三十九年九月「新声」

松林のある海岸という場面が具体的で、しかも三首は連作である。この九月号は従来にない二十八首という大作になっている。実は大学の夏休みに日向に帰郷した時の歌であり、牧水は久しぶりの故郷に歌心をそそられたのである。したがって趣向や空想といった余分のものを必要としなかった。眼の前の現実が牧水の歌の題材となり主題となった。

ふるさとや昔の夢のなかにして聴きにし声か小夜ほととぎす　　同
さかづきや緑樹より立つ狭あらしに酒あふるるを父と涼しむ
夏みどり水々しきに竹いでて西へわたるよ白鷺の子の
樹は妙《たへ》に草うるはしき青の国日向は夏の香にかをるかな

同じ一連のこれらの作は、故郷の家と自然とを現実感をもって歌っている。

先ほどの、「君」の登場する海岸の歌は、二十八首の冒頭の三首で、帰省してすぐの歌である。牧水自身がこの時のことを鈴木財蔵宛ての手紙に記している（明治三十九年七月十日付）。

磯の日、ああ思ひ出おほき日ならずや、こころかの日を想ふごとに何処ともなくほのかに松の嵐波のひびきの通ふを覚ゆ、ああ思ひ出おほき日ならずや。

忘れがたいある体験があったのだ。詳しくはこの手紙をもらった延岡中学同級生の鈴木財蔵、後の平賀春郊が記している。「牧水とお秀さん」（「日本短歌」昭和十五年九月号）である。簡単に紹介してみよう。東京から帰省してきた牧水と鹿児島から帰省してきた春郊の二人が、日向の細島港の宿で偶然顔を合せた。その宿の娘がお秀さん、すなわち日高秀子で、日本女子大学に進学していた彼女もちょうど帰省していて、三人は文学の話などに意気投合した。そして、海の見えるところに出かけていったというわけである。それが「磯の日、ああ思ひ出おほき日」である。文学の志を抱いてともに上京している者同士として牧水は秀子に大きな魅力を感じたに違いない。二十八首の後半に出てくる「人」や「君」も秀子以外には考えられない。

文月雨みどり千草にみどり木にひねもす降りぬ人ぞ恋ひしき　　同
君おもへば頰は火ともゆる木の蔭や青夏あらし枝ならす日に
みどり山青樹がくれに朝晴の濡れ照る君の家のぞむかな

山間の坪谷の生家から、山のむこうの細島の港の秀子を想っている歌である。三首目はイメージも鮮やかで、調べもうるわしい秀作である。

夏休みが終った後に、牧水も秀子も上京し、東京でも会う機会をもっている。そして、初めに春郊と三人で会った縁を大切にして、春郊あての手紙に秀子のことを五回も書いている。(注5)明治四十年十一月十八日付の手紙が五回目で、その時は秀子の突然の死を知らせている。この日高秀子の生涯については長嶺元久が「お秀が墓」他で詳しく記している。(注6)

では、牧水は秀子にはたして恋心を抱いていたか。その後の作品と書簡から見る限り、深い恋心はなかったと思える。秀子には結婚予定の男性もいた。牧水の最もよき理解者であり、二人を知っている春郊は「牧水とお秀さん」で次のように書いている。

それにしても二人の間には友人同志といふには余りに暖かすぎる感情の交流のあつた事は否め難い。だがそれはそれ以上のものではなく終つてゐると見るを至当かと思ふ。月日のたつにつれて牧水には彼女の心をたやすく受入れ難い気持が動いて来、また彼女としてもその心を訴へかねる様な溝ができて来たのではなかつたらうか。(中略)誤解されるには余りに清き二人であつた事が思ひ返される。これはまた童貞期に於ける牧水と異性との交渉の最後のものといへる。

三

牧水はこのように内田もよ、日高秀子の二人と親しく交際しながらも、恋心を持つには至らなかった。そんな牧水が決定的な恋心を抱いたのが園田小枝子である。

第一節で触れた大悟法利雄「牧水の恋人小枝子を追って」に戻りたい（以下「小枝子を追って」と略する）。牧水と小枝子の出会いの部分をこの文章から紹介してみよう。牧水の中学時代の友人に日高園助がいる。その日高の証言が大悟法利雄の検証の根拠になっている。神戸高商に進学していた日高は神戸の下宿の隣りの家の娘に恋をした。娘の方も好意を見せたが、家の方で交際を厳しく禁止した。大学三年生の夏休みに先に帰省していた日高は牧水が帰省してくるというので、細島港に出迎えに行って再会した時に、恋の悩みを打ち明けたのである。以下は「小枝子を追って」からそのまま引こう。

> 日高はもともと非常に明るい性格で、瓢軽《ママ》なところのある男である。それが珍しく元気がなく、悄然としているのだから、すぐ牧水の目につき「一たいどうしたのか」と訊かれた日高は神戸での失恋をうち明けた。
>
> 中学時代の牧水は文学方面では最も豊かな才能を持ち、仲間ではみんなに一目おかれていた。それに、体こそ小さかったけれど、ちょっと親分肌の一面があり、なかなかの世話好きで、恋愛となるとまだ自分に経験はないけれど、恋愛至上論的な自由な考えを持っているだけに、それを聞いては黙っていられない。
>
> 「なんだ、そんなバカな話があるか。よし、それなら俺が神戸に行ってその母親に逢って談判して来てやる」ということになり、早速これから船に乗って神戸に引きかえそうと言い出

し、日高の方が驚いてとめてみたけれど、一たん言い出したらもう取りやめるような牧水ではなく、自分の郷里坪谷の家には帰らないまま、細島からまた船に乗って神戸に行ってしまったという。

そして神戸のその娘の家に行った牧水がどんな談判をやって来たのか、そこのところはよくわからないが、日高の語るところによれば、牧水はその時、その神戸の家に来合せていた小枝子に初めて逢ったのだという。友人の恋愛のために一談判しようと気おって出かけた牧水が、その家で初めて逢った小枝子に一目ぼれしたとなると、すこし話が出来過ぎていて小説か何かのようだが、その時はただ逢ったというだけのことに終ったらしい。

だが、それからまもなく小枝子は日高の紹介状を持って東京に牧水を訪ね、それによっていまの流行語でいえば「世紀の恋愛」とでもいうべき『別離』の恋愛がはじまったのだから、縁というのはまことに不思議である。

この話は、当事者の日高の語るところで、事がらが事がらだし、前後の事情から見ても十分信じてよい。

大悟法利雄の言うように、私もこの話を信じてよいのではと思う。日高園助の書き残している文章はないけれども、牧水は友情に篤く、またオールオアナッシングを信条とする生き方をしており、乗ってきた船ですぐ神戸に引き返すということは十分に想像できる。そして、大悟法利雄は小枝子の上京、つまり牧水との再会を翌明治四十年の春と推定している。

では、園田小枝子とはどんな女性か。「小枝子を追って」に詳しく書かれているが、「小枝子はその出生から既に数奇な運命の女性だったといわねばならず、その後の身辺を見てゆくとますます複雑怪奇となって来て、調べてゆくとこちらの頭がへんになって来るほどである」と述べている。ここではごく簡単に記そう。小枝子は児玉大介とカズの長女として明治十七年に広島県豊田郡に生れたらしい。明治三十三年に数え年の十七歳で園田直三郎と結婚し、今の福山市の鞆町で暮らしていた。直三郎は鉄工場を経営しており、夫婦の間には二人の女児があったという。大悟法利雄は昭和三十九年十一月に鞆町に出かけ、園田家の昔を知る人達から次のような証言を得ている。

園田家は今も残っているが、「鍬良」という鞆の津でも知られた鉄工業の店で、その頃は船の大きな錨など述べた立派な店だったという。主人の直三郎は体こそ大きくなかったが、八十貫もある錨を二人で軽々と運ぶほどの力持ち、ただ実におとなしくて女のようなやさしい声を出す人だったとか。また嫁の小枝子はきれいでよく働き、近所の人たちの受けなども非常によかったとのこと。松次郎さん（当時八十九歳の証言者・伊藤注）はその小枝子のことを話すとき、「別嬪《べっぴん》じゃったよ」と二度も言ったが、その頃の小枝子は確かに鞆でも目立つ美人だったに相違なく、私にはこの古い港町のそういう店でよく働くまだ二十歳前後のういういしい彼女の姿が目に見えるような気がしてならなかった。

いかにも幸福そうな妻の姿である。でも、内面はどうであったろうか。先に大悟法利雄が小枝子の身辺について「複雑怪奇」と書いていたが、その一つを紹介すると「小枝子の父園田大介というのがその頃未亡人になっていた直三郎の母親キサの所に入婿となって来ていたことである。すなわち大介は自分の先妻の子である小枝子をつれて来て、妻の実子直三郎の嫁にしているので、まことに不思議な二組の夫婦が出来あがっている」。実は大介が本当の父親であるかどうかも怪しいらしいのだが、そんな父親が入婿に来た家の息子と小枝子は結婚させられたわけである。本人の意志と無関係だった結婚が想像される。それは「おとなし」かったという夫の直三郎もそうだったかも知れない。ともあれ、小枝子は外面的にはよき嫁を演じていたが、心中は決して平穏でなく、自分とは一体どんな人間なのかと、今日で言うエゴ・アイデンティティについても考えることが少なくなかっただろう。

そのうちに小枝子は肺結核となった。重くはなかったらしいが、家族に伝染してはいけないということで、須磨の療養所に入った。「小枝子を追って」に次のように書かれている。「須磨に出かけたのは父大介の弟赤坂吉六《きちろく》の一家が当時神戸に住んでいた関係と思われ、日高の恋した娘というのはその吉六の長女カヨであり、失恋した日高のために一肌脱ごうとした牧水が乗り込んだのはその赤坂家であった。その時その家に小枝子が来ていて牧水に逢ったというのは、病気の快方に向っていた彼女が遊びに来ていたのか、または何かの相談でもあって訪ねてきていたのだろうと思われる」。

須磨の療養所に入った理由はこれでわかる。あまり重くない結核であったとすれば、鞆町の家を離れることにホッとする気持もあったに違いない。その小枝子が病気がよくなると、今度は上京を決意するのである。夫と子供を鞆町に残して来ているわけだから、何とも思い切った行動である。その理由について大悟法利雄は「上記のような異常な環境に育った小枝子は、小学校を出たか出ないかという程度の学歴だし、若くして結婚をし子供を持ち、教養らしい教養はなかったがある程度の向学心は持っていたらしい。それが思いがけない病気のために家を離れ、今までの生活からすっかり解放されたとき、自分の境遇とか運命とか将来だとかについて考えるのは極めて自然なことであろう。夫との性格の相違、姑や小姑との折りあい、そのほか複雑な家庭での種々なトラブルもあったであろうが、病気が快方に向っても小枝子はその家に帰ってゆく気になれず、なんとかして東京に出て一時的にでも自活してやって行ってみようと決心するに至った」と記している。

東京には、小枝子が神戸で世話になっている赤坂家の三男の庸三が下宿生活をしていた。日高園助の恋人の弟であり、小枝子には従弟になる。その従弟の下宿の一室を新たに借りて一人暮らしを始めようという考えだった。ただ、上京に際して、牧水宛ての紹介状を日高に書いてもらったという。その部分を「小枝子を追って」から引く。

その上京に際して小枝子が日高から牧水に宛てた一通の紹介状を持っていたことは、私が日高から聞き彼女も認めたことなので間違いはない。(注7)下宿の隣の家に来ている小枝子から、病後の身で上京して自活するつもりだが東京にはこれといって頼る人もないと聞いて同情した日高が、それでは自分の友人の若山を訪ねてみるがよい、まだ学生でどれだけ役に立つかはわからないけれど、とにかく実に親切で十分に信頼できる男だから、と勧めてその紹介状を書いたわけだが、その時の日高は彼女の過去についてはほとんど何も知っていなかったらしい。

小枝子はその紹介状をもって上京し、牧水に会ったというわけである。

四

ここまで大悟法利雄の「小枝子を追って」を引用しながら、牧水と小枝子の出会いについて記してきた。小枝子については大悟法利雄以外にきちんと調べた人はいない。そしてその調査はジャーナリストでもあった彼らしく正確さを大事にしている。牧水関連の出版物の小枝子に関する部分は大悟法利雄の「小枝子を追って」にほとんど拠っている。

では、すべて大悟法利雄の言っている通りかと言うと、異なる考えを述べた人がいる。それは牧水の長女のみさきである。どういう点についてかというと、明治三十九年夏の神戸の家で牧水と小枝子は「ただ逢ったというだけのことに終ったらしい」という個所である。大悟法利雄も日高園助に聞いた話からの想像なので、「らしい」という言葉を付けている。長女の石井みさきには『父・若山牧水』の著作がある。牧水の親友の一人であった土岐善麿の「序」を持つ、昭和四十九年出版の本である。その「小枝子」の章の中で石井みさきは「明治三十九年夏、帰省途中のハプニングによるこの小枝子との偶然の出会いが、どのようにして一年半後には相たずさえて安房の渚へ渡るほどに深まったのであろう」と疑問を投げかけた上で、「私は謎ときの鍵を持たずにパズルの前に坐っているようなものである。だからこの『小枝子』の章に関するいろいろは、多くは私の想像であり、フィクションだと思って読んでいただきたい」と記している。では、牧水と小枝子の出会いの部分について石井みさきが「想像」している場面を引用してみる。

失意の友人を見兼ねて細島から神戸へもどりその少女の家へ談判に出かけた牧水を迎えた時、神戸の少女の家の人々は最初、野生の若駒におどり込まれたような顰蹙と驚きの目を見はり、そしてやがて牧水の世なれぬ純情に好意と揶揄と次第に好意を持ったのではなかろうか。その雰囲気のなかで接待に出たこの家に寄寓する親戚の若く美しい女《ひと》から世間話に、「私も近く上京するかと思います」というような挨拶を聞くころには、牧水は、最初の意気込みは大分そがれてしまって、「その時には是非、寄って下さい。案内しましょう」と下宿の所書きなど手渡すという具合だったのであるまいか。だから小枝子が上京すれば牧水の下宿を訪ねることも、またおそらくそれにさきがけては手紙の往復などがあったとしても不思議ではなかったろうと思うのである。

日向の寒村に育ち、殺風景な下宿ずまいの中にいた牧水の眼は、神戸という都会のおそらく中流の家庭にくらしていた美貌の小枝子に理想の女性像を見た思いだったかもしれない。またおかしないい方だが当時にあってはいかに粗野純朴に見えようとも早稲田大学学生という立場は一つの社会的地位を意味していたから、牧水の直情もそれほど軽侮の目で見られたわけでなかったろうし、また小枝子という女《ひと》はその生い立ち境遇から推し量って、ものやわらかく憂わしげで、誘う水あらばという風情で、だから牧水はこの最初の出逢いで忘られぬ人、その人にかけるゆめの可能性を抱いてしまったにちがいない。

石井みさきは、牧水と小枝子が会話したであろう言葉まで記し、「想像」豊かに二人の出会いの場面を記している。みさきにとっては小枝子は父が結婚する以前の恋人であり、複雑な感情を抱いて当然である。「私はこの小枝子という人について、母と一度も話をしたことがなく、兄弟たちで話し合ったことも殆どなかったと思う」と書き、自分の息子が青年になった時に父牧水の青春をあらためて考えたくなり、小枝子についても関心を寄せたのだという。

それにしても、牧水と小枝子の会話の個所は目前に見えるような感じで、なまなましい。と私が思うのは、大悟法利雄が書いているように「その時はただ逢ったというだけ」なら、翌年春に上京してたちまち二人が恋仲になるということが信じにくいからである。石井みさきもそう考えたからこそ「私も近く上京します」「その時には是非、寄って下さい」という会話を思い描いたのである。

一度の出会いで惹かれるということは十分あり得るだろう。結局は小枝子との結婚が成り立たず、牧水は後に太田喜志子と結婚するが、一度それも短時間会っただけで八か月後には求婚している。オールオアナッシングという生き方が二つの恋愛において貫かれている。では、内田もよ、日高秀子に対しては抱かなかった恋心を小枝子にはなぜ抱いたのか。石井みさきは都会の「美貌」しかも「ものやわらかく憂わしげで、誘う水あらばという風情」だったことが小枝子を「忘られぬ人」としたと書いている。実は牧水自身も心惹かれた理由はこの時点ではよく分かっていなかっただろう。

また、石井みさきが「下宿の所書きなど手渡すという具合だったのであるまいか。だから小枝子が上京すれば牧水の下宿を訪ねることも、またおそらくそれにさきがけては手紙の往復などがあったとしても不思議でなかったろう」と書いているところも注目したい。そう考える方が小枝子が翌年春に上京した後の二人の関係の進展がスムーズに思えるからである。もしそんなことがあったとしても、日高園助には内緒だったのだろう。上京の際には日高に紹介状を一応書いてもらったが。

小枝子の上京についても謎がある。病気の療養のために須磨まで来たというのは説明がつく。だが、病気が快方にむかったので、広島県に夫と二人の子をそのまま置いて、上京して自活しようというのは大胆な計画である。与謝野晶子が歌集『みだれ髪』を出版して、女性の新しい生き方を示したのが明治三十四年で、既成道徳にとらわれず女性の自我を特に官能面から主張した作品は歌壇を越えて反響を呼んだ。二年後の明治三十六年には羽仁もと子が「家庭之友」（後に「婦人之友」）を創刊して女性の人間的自覚を促そうとした。また明治三十八年から翌年にかけて読売新聞に連載された小栗風葉の小説「青春」は恋愛・結婚に悩む若い男女を描いて評判を読んだ。しかし、社会一般の考えはまだ旧く、小枝子が上京して自活しようとしても、世間の壁が立ちはだかっていたはずである。女性の社会進出は容易ではなかった。第一章で、小枝子が簪の学校に通っているという証言を紹介したが、先ずはそのような学校に通おうとしたのだろうか。費用の面についても分かっていない。鞆町の夫が費用を出してくれたとは考えにくい。費用を頼めば帰って来いと言われるのが落ちだったろう。とすれば神戸の赤坂家しかない。赤坂家は広島県忠海《ただのうみ》の名家であると大悟法利雄は「小枝子を追って」に書いており、神戸の赤坂家は裕福だったのだろうか。三男の庸三が東京で下宿生活をしており、小枝子はその下宿の隣室を借りたので、二人分その下宿に仕送りが赤坂家からなされたのだろうか。であるとすれば、小枝子は赤坂家から相当かわいがられていたということになる（実際、牧水と別れた後の小枝子は庸三の妻となる、つまり赤坂家の人間になるのである）。

五

牧水と小枝子は神戸の家で大悟法利雄が書いているように「ただ逢ったというだけ」ですべては翌年春の上京以後に始まったのか、それとも石井みさきが「想像」したようにこの時に二人は「最初の出会いで忘られぬ人」になってしまったのか。証言者はもはやいない。新たな資料発見の可能性もほとんどない。ただ、牧水が発表した短歌と書簡がある。明治三十九年の夏以降の短歌と書簡を詳しく見てみたい。

明治三十九年の夏の故郷での生活は苦しく辛いものだった。父の鉱山への投資の失敗による経済的破綻、その経済的また精神的打撃からか母の病気と、牧水を苦悩させることばかりだった。そうなると恋しいのは東京である。八月十二日付の鈴木財蔵宛ての手紙に「ひたすら胸さわぎて一日も早くむさし野の秋にあくがれたく思ひ居り候」と書いている。そして、故郷を出発する三日前の九月十日にはやはり鈴木に宛てた手紙の中で「彼女は先月二十九日上京せし由に候、あちらにてまた話すべく楽しみ居り候」と書いているが、この「彼女」は日高秀子である。秀子のことはいつもオープンである。彼女がガールフレンドであり、心に秘めた恋人という存在でないからだ。

上京後の作品の一部を「野虹」十一月号から引いてみる。九月頃の制作と思われる。

薄紅葉初めて恋ひしそのかみのうらがなしさのふとかへりきぬ
紅もゆる御頬にふれむときめきの思ひふとしぬ寂しき夜や
このおもひ菊のつぼみのうす青の咲くらむころよいかになるべき

題詠的に恋の気分を歌ったものなのか、小枝子あるいは秀子を想って歌ったものなのか、判然としない。ただ「うらがなしさのふとかへり」とか「ときめきの思ひ」とかまた「このおもひ」「咲くらむころ」とか、恋の予感をテーマにしていることは紛れない。

そして、注目すべきはこの年の十二月の鈴木財蔵に宛てた二通の手紙である。先ず十二月二日付。

近頃はよく学校の方を怠けて居る、これは困つたもんだ、然し、君、目下の僕の生活は実に愉快だよ、或は多大の非難があるかも知れないが、然し要するに甚だ質あり量ある生活を送つてるやうな気がしてならない、若い時代《ユース》、青春時代《ユース》！　今が花だからね。自分はなるたけこの時代に多くの印象を受けておかうと念つてをる、青年時代の回顧、それがただ真面目一方の学校生活ぢやあんまり花も咲くまいぢやないか！

この時期にこれほど快活な手紙はめずらしい。「僕の生活は実に愉快だよ」と言い、「若い時代《ユース》、青春時代《ユース》！　今が花だからね」と高揚している。誰が考えても、青春の花は恋愛である。「真面目一方の学校生活ぢやあんまり花も咲くまい」というその花は恋愛のそれの他は考えられない。恋の予感は的中していたのだ。相手は東京に来ている日高秀子の可能性もあるか。それはない。この長文の手紙の最後のところに別に次のような一節がある。「けふは日曜で、正午まで少し仕事があつた所へ例のミス日高が突然やつて来たので大にまごついた。（中略）日高嬢とは久しぶりであつた、君の噂なども出て、よろしくとのことだつた、何でも近いうちマリエージするんぢやないかしら、そんな口調もほのめいてゐたよ」。これはやはり恋人でない女友達の近況報告であろう。手紙の前半の「愉快」さがこの秀子についての文章にも及んで軽口っぽくなっているのが感じられる。

もう一通は十二月二十六日付である。

静かな夜！寂しい夜!!そしてまた悲しい夜、恋ひしい夜、君にもまたこんな夜があることと信ずる、灯の影でいま自分は泣き出し相な面をして何か憶つて居る、何か？問ふ莫れ！それは我れ自身にも恐らくは解るまい、ああしめやかな夜！自分は耐え《ママ》切れないので、（今朝から斯んな風だつたから）先刻飛び出して行つて、財布のありつたけ飲んで来た、飲んで而して酔はず、幻はますます遠く自分を誘つて行く、誘つて行く、或は今夜終夜自分を引張り廻すのかも知れない、それも可い。若し君がそんな田舎にゐなかつたのなら、我々二人は実にこの一夜を美しく過し得たであらう、と思つた、然しまた是も可いとして於かう。いい夜だ！

「静かな夜！寂しい夜!!そしてまた悲しい夜、恋ひしい夜」で始まって「いい夜だ！」で結ばれる、非常に昂ぶった手紙である。恋心を抑えかねて友人にその思いを激しくぶつけているように思える。「幻はますます遠く自分を誘って行く、誘って行く」の「幻」とは恋愛の女神あるいは恋人以外は考えられない。そして、書き出しのところに「君にもまたこんな夜があることと信ずる」とあるが、鈴木もまた或る女性との恋愛の進行中だったし、そのことを踏まえて牧水はこのように書いているのである。(注8)

この手紙は石井みさきの「想像」の根拠の一つになっている。次のように書いている。

「静かな夜！寂しい夜!!」とやたら！　の多いこの手紙のひどい興奮ぶりは、いかにもナイーヴな青春の呼吸づかいが感じられるではないか。この日果たして何事があってこのように牧水をたかぶらせたかはわからないが、この秋ころからの作に相聞の短歌が散見するなども思い合わせ、恋がまず「する」ものではなく「在る」ものだとしたら、この頃すでに牧水の中に恋は在ったと推しはかっても、そしてその意中の人の名に小枝子を考えるのも、その後の経緯から推して不自然ではないだろう。この感激的な手紙を書いた当日、あるいは、この小枝子との何らかの接触（来訪、手紙）などがあったのかもしれない。

　最後の一行にある「何らかの接触（来訪、手紙）」の証拠となるものは今のところない。しかし、この手紙の昂ぶり方は確かに何かがあったと思わせる。そして、大悟法利雄も『若山牧水伝』の中でこの手紙を取り上げて「何事のあった日なのか正確に知ることは出来ないけれど、読者は何か美しい青春の息吹を感ずるであろう」（傍点伊藤）と書いている。

　そして、この手紙の十日後、というと年が明けて明治四十年の一月七日に、牧水は財蔵宛に新年の挨拶の手紙を書き、最後に自作を六首記している。これまでも財蔵宛ての手紙に時に歌を記していたが、歌を記す理由も背景も一切書かずいきなり六首も記しているのはこの時が初めてである。六首を引く。

①見もしらで昨日おぼえし寂しさと相みしのちのこの寂しさと
②寂しさは無間の恋の青海のそこに生ふてふ美《ウマ》し貝《カヒ》かや

③人どよむ春の街ゆきふとおもふふるさとの海の鷗啼く声
④山こえて空わたりゆく遠鳴の風の音かよふ白梅の花
⑤恋ひ恋ふる世にならざらむこともなきおもひのみして美《クハ》(注9)しかりし日
⑥君泣くか相むかひゐて言もなき春の灯かげのこの寂しさに

①の「見もしらで」は逢わないでいた時に感じていた寂しさと逢った後に感じる寂しさとどちらが強いだろうかという歌である。「相見る」は男女が深い関係を持つ意味でも使われるが、この歌は逢った後の寂しさは耐えがたいという歌だろう。二人が逢ったというのは前年夏の神戸のことなのか、あるいは彼女がその後上京して密会する機会があったのか。②はその寂しさこそ「無間の恋の青海」の底にあるという「美し貝」だと。つまり、寂しさとは蠱惑的な恋心そのものだと歌っている。③と④の歌はそんな寂しさを感じる時に故郷の海の鷗や山の梅の花を思って慰めを得ようとしている歌であろう。そして、⑤は上の句が回りくどくためらいを見せているような言い方だが心の底では恋の道を進んでいくことを自覚している。⑥は「君泣くか相むかひゐて」とあるので、二人が逢っている場面に取れる。「春」とあるので、前年の神戸の時ではない。と言ってこの一首だけで小枝子が上京したという証拠とはならない。前年の秋からこの時期までに「君」の登場する歌、それも「君」と逢っている歌がいくつかあるが、その「君」はどこかまだ物語的である。この歌もその延長上の一首かも知れない。ただ、物語的な一首に自分の現実の心をぴったりと重ね合わせることができ、財蔵宛ての手紙の恋の歌の最後にこの一首を置い

たのかも知れない。つまり、場面は虚構であるにしても、気持は真実として。今日のリアリズムの考え方で明治四十年前後の短歌を考えることはできない。

右の一月七日に続いて一月三十一日から二月一日にかけて財蔵に宛てた手紙の終りには次のように書いている。


君、僕の友人に女とともに砒素《ヒソ》を分ち持つて、女の二十五歳に達するのを待つてゐるのがある、二十五歳は自由結婚を許さるる年齢だ、その間の消息は解つてるだらう。また一人は、ロ ーストに狂ひ泣いて居るのがある。客観してると頗る面白いよ。しかもみな生命を捧げての真実のラブなんだから非常に荘厳な美を有つて居る、上摺つたものではない。実際若い者の経となり緯となつて居るものは、どうしても恋だね。恋！恋！面白い道具だ。

もう今度はこれで止めとかう、サヨナラ。


牧水が本心を最も打ち明ける友人である財蔵に宛てた手紙の中で、恋愛論（というほどの内容ではないが）を初めて述べている個所である。「ラブ」などという言葉を使っている。恋愛に対する関心の高まりの背景には、本人の恋心の進行があったものと想像されるが、どこかまだ余裕のある言い方である。

それからほぼ四か月後の五月二十六日の財蔵宛ての手紙に次の個所がある。

ラブを求むるといふ文句が君の葉書の中にある。愚の至りだと思ふ。求めて得らるるラブならば路傍の馬糞と何の選ぶところも無からうぢやないか、ラブはそんなお安いもんぢやなからうと思つてる。

ラブは「求めて得らるる」ものじゃないとは、恋の深い世界に自らが引きずられるように入りこんでしまったことを告白しているようなものである。四か月前とは大きな違いである。大悟法利雄は「小枝子を追って」の中で、小枝子が上京し「牧水の下宿を初めて訪ねたのは四十年の春だと推定する」と書いており、この手紙の前には二人の再会があったということになる。

六

それでは牧水が東京の人となった小枝子を初めて本格的に歌ったと言える作品はどれか。私は「新声」六月号の三十二首の後半の作がそうであると考える。二十首目以降を引く。

①若草は地に萌え地虫穴を出づ天のみどりのやや曇るかな
②雲うごきて絵の具にのらぬ初夏をうらめしといふ眉涼しけれ
③うしろ向き片頰の髪のを《ママ》くれ毛を風のなぶるに何おもふ君
④夜光れと君やはかざすとき髪を桜ちるなる戸の白昼《ひる》の日に

⑤ゆたゆたに豊《ゆた》けき君が額髪《ぬかがみ》をおもへば胸のさとかほ《ママ》るかな
⑥物をもへばつねに南の窓ぎわ《ママ》に針もつ君と癖知りしかな
⑦あながちに照る日の小野はいまねども樹陰《こかげ》ぞうれし君おもふには
⑧ともすればあらぬかたのみうちまもり涙たたへし人の瞳よ
⑨仰ぎ居ていつしか君は眠《ママ》をとぢぬうぐひす色のゆく春の雲
⑩片岡に墾《ほ》りのこされし四五の樹の葉ぞ萌ゆみどりあはれなるかな
⑪木の葉萌ゆ胸なる弱き思ひ出の草も芽をふく静かなる日よ
⑫恋ひ恋ふるに世に成らざらむこともなき思ひのみして若かりし日よ
⑬山ざくら花のつぼみの花となる間《あひ》の生命《いのち》の恋もするかな

小枝子を初めて本格的に歌った作とこれらを私が考える第一の理由は、場面が連結していて、つねに同一人物の「君」が歌われていることである。場所は若草の野や新芽の新しい林、あるいは家の中だ。以前の作は空想的物語的で、これらの作のような臨場感はなかった。牧水が小枝子と一度あるいは複数回ともに過した時間を構成して歌ったものと思う。なお、この頃の牧水は牛込区南榎町（今の新宿区南榎町）に住んでおり、家の周りを「窓の側に坐ると、直ぐ下の茂つた雑木の青葉につつじもつゆを含んで混つて居る、見下す下の町々も、皆瓦の屋根が僅かに隠見するばかりで、八分は青葉で包まれ終つた、ずーとその向ふを見ると、目白台が、あざやかにその輪劃を空に限つて、静まりかへつてゐる」と書き送った手紙があり参考になる（財蔵宛、明治四十年五月二日付)。
第二の理由は、作品の内容に小枝子と結びつくものがあることである。右に引用の②がそうである。雲の動きが早いので「絵の具にのらぬ」、つまりうまく描けないでいるのをうらめしいと言いながら表情はさわやかであるという意であろう。この歌に「絵の具」が登場している。実は六月十三日の財蔵宛ての有名な手紙がある。有名というのは牧水が小枝子のことをはっきりと手紙に証し明らかにしたという点でよく取り上げられるからであるが、その中に「写生箱」という言葉が出てくるのである。

(六月)十九日、晴れればと祈つてる、そしたら僕は一日野を彷徨う《ママ》つもりだ、一人ではない、が、恋でもない、美人でもない、ただ憐れな運命の裡に住んで居るあはれな女性だと想つてくれたまへ、麦黄ばみ水無月の雲の白く重く垂れかかつた平野をどんな姿で歩くだらう、自ら想ふに忍びない。繰返す、恋では決して無い、僕の胸には目下一滴のつゆもないのだ。その人は写生箱を提げて行く筈、若しスケッチでも出来たら送らうか、だつて甚だ上手でない。

「その人」の存在を牧水が初めて財蔵に打ち明けた手紙である。「恋でもない、美人でもない、ただ憐れな運命の裡に住んで居るあはれな女性だ」とわざわざ言わなくてもよい弁解がかえって恋の心を伝える。「その人」との六日後の逢いびきを心待ちにしている。そして、終りの方の一行「その人は写生箱を提げて行く筈」に注目したい。小枝子は絵ごころのあった女性なのであり、「絵の具」を使う女性の登場するこの一連は小枝子を歌った作と考えてもおかしくない。また、⑫の「恋ひ恋ふる世に成らざらむこともなき思ひのみして若かりし日よ」は結句こそ改作しているがこの年の一月七日付の恋心を示した手紙に添えられていた作である。さらに言えば、⑦の歌で日の照る野もよいけれども君を想う「樹陰」がうれしいと歌っているが、この年の夏に小枝子を想いながら八月に中国山地を旅した時の「新声」の作「海見ても雲あふぎてもあはれわがおもひはかへる同じ樹蔭《こかげ》に」の作とつながっている。おそらく二人で語りあい、時には一人で訪れ彼女を偲んだ「樹陰」であろう。だから、旅先にあってもいつもその「樹蔭」に思いはかえったのである。

なお、右に引用した手紙について大悟法利雄は「小枝子を追って」で、「この手紙に書かれた六月十九日に彼女と武蔵野を歩いたことを、私は前記の直井の日記によって確認することが出来た」と書いている。直井とは牧水の延岡中学時代の同級生の直井敬三で、国学院大学の学生だった彼は牛込区南榎町で牧水と同宿だったが、大悟法利雄は「牧水の没後直井に逢って当時の直井の日記を調べてもらったことがあり」、その中に「六月十九日に小枝子の訪問のことが記されていた」という。

右のような理由によって、「新声」六月号のこれらの作を私は小枝子を歌った作と考える。私の知る限り、他にこの指摘をした人はいない。さて、これらの作が完全に事実を歌ったものかどうか分からないが、作品からはどんなことが読みとれるだろうか。

①「若草は」の作は導入である。結句が②の初句「雲うごきて」につながる。先に触れた②は

「眉涼しけれ」がポイントであろう。表情と容貌に牧水は魅力を感じているのである。「小枝子を追って」には若き日の小枝子の写真が掲載されており、大悟法利雄は「顔はいわゆる面長《おもなが》で、鼻筋が通り、明眸だがまなじりがややつりあがり気味で、とにかく誰が見てもなかなかの美人である。ただ、ういういしいというよりは、いくらか娘さびたという感じがある」と書いている。確かに「眉涼しけれ」を実感できる写真である。

③から⑤までは「髪」に着目して歌っている。それも「を《ママ》くれ毛」「とき髪」「額髪」とそれぞれ異なった髪である。③の「うしろ向き」の作は場面を細かく描きつつ彼女の心を探る「何をもふ君」を結句に持ってきている。すでに恋心いっぱいの牧水だ。④は解いた髪を桜の散るそばで光にかざしている歌でエロティシズムを感じさせる（「夜光れと」は昼の光を浴びた髪は夜に輝きをもつという意味であろうか）。⑤の「ゆたゆたに」の作は額髪の豊かさに心こがれている歌である。

⑥の「物をもへば」の作は下宿を訪ねた小枝子が南の窓ぎわに寄って針を動かしている場面である。初句「物をもへば」は思い悩めばの意味であるから、何かしら憂いを抱いている感じである。そんな時には窓ぎわに寄り黙ってひとり針を動かす癖があると知ったという。先に記したように小枝子は簪の学校に通っており、針仕事そのほか手先を使う仕事は巧みだったろう。「南の窓ぎわ」の眺めがよかったことは財蔵宛ての手紙（明治四十年五月二日付）に記されていた。この下宿については読売新聞（明治四十年三月三十一日）に次のような歌を発表している。

西の窓みなみの窓もいづれみな雲見るによし家たかきかな
下見れば庭樹のしげみ上みればみ空のみどりわが春の窓

住み心地のよい静かな下宿だった。二月末にこの下宿に移り住んだから、これらは三月半ばの作であろう。

⑦の「あながちに」の作は、春の日のさす野原もわるくないけれども、君を想うには「樹陰」がうれしいと歌っている。おそらく二人で語らった樹陰であろう。よほど思い出深い樹陰なのに違いない。前に記したようにこの年の夏の中国山地の旅先でこの樹陰を思っている。

⑧の「ともすれば」の作は、何か物思いにふけり涙をたたえている彼女の姿である。⑥の「物をもへば」の作と同じく彼女は憂いに沈んでいる。上京はしたものの行く末に不安をかかえていたためだろうか。そして、⑨の「仰ぎ居て」の作も、似たような彼女の姿である。美しい春の雲を仰ぐのをやめて眼を閉じた彼女。

⑩の「片岡に」、⑪の「木の葉萌ゆ」の作は、残され立っている樹の萌え出た葉を歌っている。この二首は格別の作ではない。「あはれなるかな」は感傷的だし、「弱き思ひ出の草も芽をふく」は見易い比喩である。

⑫の「恋ひ恋ふる」の作についてはすでに触れた。かつての予感のままに「恋ひ恋ふる世」に自分が入りこんできているという思いである。

⑬の「山ざくら」の作は、意味的にも美しい「花のつぼみの花となる」の「花」の語のリフレ

インが心地よく、一首全体が陶酔的な調べになっている。牧水は「いのち」の語を強調する時に「生命《いのち》」の表記をしており、「生命《いのち》の恋」とは全身全霊の恋愛ということであろう。一連の締めくくりをこの歌にしているところに牧水の心を知る手がかりがある。この歌は『別離』の中では、「山ざくら花のつぼみの花となる間《あひ》のいのちの恋もせしかな」と改作されている。結句を「恋もせしかな」の過去形にして過ぎ去った恋を思い出す歌にしているが、初出の「新声」では現在形であることに留意したい。

七

さて、右の一連の背景になっている六月十九日の小枝子との逢いびきの三日後に、牧水は東京を発った。夏休みの帰省である。京都までは早稲田の同級生の土岐湖友（善麿）、神戸までは同宿の直井敬三が一緒だった。直井は神戸から船で細島港に向かったが、牧水は中国山地を鉄道と徒歩で旅して帰ることにした。六月二十七日頃、牧水は京都を発ち、二十九日は岡山駅前の旅館に泊っている。七月九日には九州に入り耶馬渓に泊るなどして、七月十四日に坪谷に帰宅した。一か月近くの旅である。その旅を歌った作品が「新声」八月号発表の「旅人」十五首で、後に『海の声』『別離』に収められ、生涯の代表作となった「けふもまたこころの鉦《かね》をうち鳴《なら》しうち鳴しつつあくがれて行く」「幾山河《いくやまかは》越えさり行かば寂しさの終《は》てなむ国ぞ今日《けふ》も旅ゆく」の二首もこの中にある。「新声」八月号の初出で十五首を引いてみる。

①けふもまたこころの鉦《かね》をうち鳴らしうち鳴らしつつあくがれて行く
②海見ても雲あふぎてもあはれ吾が思ひはかへる同じ樹蔭《こかげ》に
③ただ恋ひしうらみいかりは影も無し暮れて旅籠の欄に倚るとき
④幾山河越え去り行かば寂しさの果てなむ国ぞ今日も旅ゆく
⑤うつろなる胸にうつりていたづらにまた消えゆきし山河のかず
⑥松の実と楓のはなと仁和寺の夏なほわかし山ほととぎす
⑦わが胸の奥にか香《かう》のかをるらむこころ静けし古城を見る
⑧青海はにほひぬ宮の古ばしら丹《に》なるが淡う影うつすとき（厳島にて）
⑨寂寥や月無き夜をみちきたりまたひきてゆく大海《おほわた》の潮（日本海を見て）
⑩峡《かひ》縫ひて車は走る梅雨《つゆ》の日の雲さはなれや吉備の山々
⑪山静けし山のなかなる古寺の古りし塔見て胸ほのに鳴る
⑫桃柑子芭蕉の実売る磯町の露店《よみせ》の油煙《ゆえん》青海にゆく
⑬旅ゆけばひとみ痩するかゆきずりの女《をなご》みながら美《よ》からぬは無し
⑭安芸の国こえて長門にまたこえて豊の国ゆき杜鵑聴く
⑮酒飲めど飲めども酔はず思ふことあるとしもなう灯と向ふ夜よ

構成上の特色として言えることは、前半の五首と後半の十首に分かれていることである。すなわち、前半の五首は恋心を抱いて旅している自分のクローズアップであり、どこどこを旅しているという具体的な場所や風景はいっさい消去されている。それに対して後半の十首は各地の風物を地名も入れ詞書も使って表現している。きわめて意図的な構成である。そして、後半の十首目、つまり連作の最後の一首は酒を飲んでも酔えないほどの恋心の表白で締めくくっている。『海の声』(注10)には右の歌の十三首、『別離』には十二首が収録されているが、歌の順序はかなり異なっている。歌集を編むにあたって工夫をこらしたわけである。それは歌人として当然のことだ。ただ、牧水の赤裸な心を知るには初出誌が重要である。

前半の五首について述べておきたい。

①の「けふもまた」の作、「あくがれ」の「あ」は「在《あ》」、「く」は「処《く》」、「がれ」は「離《が》れ」の意であり、「心身が何かにひかれて、もともと居るべき所を離れてさまよう意」(『岩波古語辞典』)である。

牧水は「あくがれ」の語を深く愛していた。私が全集を調べたところでは、初めの用例は延岡中学四年の一月二十五日の日記である。

浜ハ相変ラズわが《ママ》愛スル所ナリ、否、海ハ山中ニ生ヲ稟ケシ吾ノ最モ珍ラシク感ズル所ナリ、見ヨ、銀龍白玉相交ツテ寄セ来リ引キ返ス景ノ如何ニ崇厳ニシテ且ツ美ナルカヲ?! 況ンヤ白帆遠ク霞ノ裡ニ出没シ薄紫ニ匂ヒ渡リシ此春ノ海ニ於テオヤ、ゲニ身モ心モアクガレム可キ心地ゾスナル。(傍点伊藤)

幼少期から海に憧れを抱いた牧水らしい文章である。山中に生れ育った牧水にとって「アクガレ」の対象は最初は何と言っても海だった。その後、早稲田時代の夏休みの帰省中の手紙に「武蔵野の秋に一日も早くあくがれむ心地」（明治三十九年八月二十四日付、鈴木財蔵宛）などと使っている。

この歌はさまざまに解釈し鑑賞されるし、それでいいと思うが、牧水は恋する心を歌ったと知っておくことは大事であろう。幼少期の海への「あくがれ」は青年期になって異性に対するそれになったのだ。窪田空穂に「鉦鳴らし信濃の国を行き行かばありしながらの母見るらむか」（明治三十四年）の作がある。空穂が旅したいのは現実の信濃の国だが、牧水が旅したいのは理想の「恋の国」である。

②の「海見ても」の作については先に触れた。何を目にしても心は風景に入りこまないのだ。「思ひ」はすべて小枝子と語らった「樹蔭《こかげ》」に向かっていくというのである。旅先の風物が歌われないのは当然と言えよう。

③の「ただ恋ひし」の作は、日も暮れて宿屋に一人泊った時に激しい恋心に突き動かされるという歌である。昼の間は何とか恋しさに耐えられるが、夜に入るともう耐え切れないと。「うらみいかりは影も無し」は「ただ恋ひし」の思いの強調表現であろう。一か月近くの旅において小枝子のいる東京を離れれば離れるほど恋しさは募ったに違いない。そして、もし彼女の故郷が安芸の国だとこの時すでに知っていたら、その恋しさはさらに切ないものになったはずである。

④の「幾山河」の作は牧水の代表作として人口に膾炙している。さまざまに鑑賞されるし、それでよいが、牧水は恋の歌として詠んでいるのだ。どれだけの山や河を越えて旅したならば寂しさがなくなるだろうかと思いながら旅を続けているという意であり、その「寂しさ」は一首目の「あくがれ」が生みだしている。「あくがれ」と「寂しさ」はいわばコインの表と裏である。「あくがれ」が尽きない限り「寂しさ」はなくならない、もっと言えば「あくがれ」も「寂しさ」もとことん味わいたいという若々しい恋の心がこの一首であると私は考える。五七調の第四句で切れた後の「今日も旅ゆく」の力強い調べもそのことを証している。「恋の国」を限りなく旅し続けたいという熱い思いである。

ところで、この歌については名歌と言われるだけに、どこの場所で歌われたかの詮索が盛んだ。牧水と同じ早稲田の学生で尾上柴舟の車前草会の会員だった有本芳水が後年になって明治四十年夏の牧水の「旅人」の作品の背景となった旅について語っている文章がある（『笛鳴りやまず』）。それによると、中国山地の岡山行きを勧めたのも芳水であり、芳水は備中備後の国境の二本松峠で詠んだ作として「幾山河」の歌の記された葉書をもらったという。この芳水の文章を根拠として二本松峠で歌われたというのが定説である。大悟法利雄も「岡山県高梁川上流から広島県に越える県境の茶屋で書いた葉書にこの歌が書かれていたということまでわかっている」（『鑑賞　若山牧水の秀歌』）と記している。また、出版されたばかりの川西政明著『新・日本文壇史』第二巻「大正の作家たち」は第八章で牧水を取り上げ、二本松峠の茶店で「牧水は芳水宛に葉書を書き、その中に『幾山河』の歌を書きそえた」とおそらくは大悟法説を信じて記している。しかし、芳水の葉書は残っていない。大悟法利雄も葉書の実物を見たとは書いていない。そして、芳水が牧水の思い出を語ったのはすでに八十代の老境に入ってからであり、その記憶をあやぶむ者もいる。

どこの場所で歌われたかを消去したところにこの歌の意味があると私は思う。先に述べたように、「旅人」の前半の五首は恋心を抱いて旅している自分のクローズアップであり、そのために具体的な地名や場所はかえって邪魔なのである。どこの土地を歩いていても「恋の国」を旅しているというのがこの五首の制作意図なのである。

そのことを端的に示しているのが、「うつろなる」で始まる⑤の作である。現実の「山河」はすべて「うつろ」に過ぎず「いたづらにまた消え」ゆくだけだと歌っている（ただ、この歌は『海の声』にも『別離』にも収められていない。表現がストレートで、作品の出来ばえがよくないと思ったからであろう）。そして、かろうじて胸にうつった「山河」だけを歌ったのが⑥以下の後半の作である。

「旅人」十五首の構成を『海の声』と『別離』では変えている。歌の順序が異なる。どちらも、歌を詠んだ場所を詞書で多く示し、そのために『幾山河』の歌などもどこか特定の場所で歌ったように読者には思えるのである。③の「ただ恋ひしうらみいかりは影も無し暮れて旅籠の欄に倚るとき」は、『海の声』『別離』では「耶馬渓にて」の詞書があるが、本当に耶馬渓で歌われたものかどうか疑わしい。歌集編集の時に耶馬渓の作と設定した可能性もある。牧水が歌集編集にあたってどれだけ「創作」を行ったかは拙文「『別離』の世界―構成された連作歌集として読む」（『牧水の心を旅する』）を見ていただきたい。

八

牧水が小枝子の面影を抱きながら中国山地を旅して、故郷の坪谷に帰り着いたのは、明治四十年七月十四日である。離京したのが六月二十二日だったから二十日間をこえる旅だった。ところが、牧水は家にとどまること数日で南日向への旅に出た。七月二十一日付の鈴木財蔵宛ての葉書に「明夜細島出帆、油津上り、鵜戸にも参りたくと存じ居り候、且つ福島（串間のこと・伊藤注）近在の南国的風物にも接しなばまた得るところもあらむかと楽しみにも候、読むものとて本は極く少く、ただわが頭を読みたまへ、ああああすよりはまた旅ゆく身、何かは知らず寂しさの迫り候」と記している。結びの一行にある「寂しさ」については都会の東京を離れた田舎暮しの寂しさもあるだろうが、小枝子と長く離れて会わずにいることが大きかったに違いない。小枝子が恋しいのだ。それを証すのが「新声」九月号の「南海行」八首、同十月号の「わだの原」十四首の作である。

潮光る南の夏の海走り日を仰げども愁《うれ》ひ消やらず　「南海行」
檳榔樹の古木を想へその葉かげ海見て石に似る男をも
秘められし千々の愁ひは胸の戸を溢れ薫りぬわだつみのうへ　「わだの原」

白つゆか玉かとも見よわだの原青きうへゆくわが若き身を

　当時の宮崎に鉄道はまだ通っていなかった。牧水は船で細島港を発ち、内海、青島、鵜戸、油津の港を経て、串間の都井に着いたはずである。父親の立蔵《りゅうぞう》が都井の無医村地区に出張しているということもこの旅のきっかけだったが、それはあくまできっかけに過ぎず、牧水は「寂しさ」を消そうとして旅をし、特に明るい南日向の海に目をみはったはずである。

　「南海行」の一首目、その潮がまぶしく光る南日向の海を船で行っても「愁ひ」は消えてくれないと歌っている。二首目は『海の声』に表記を改め「檳榔樹の古樹《ふるき》を想へその葉蔭《はかげ》海見て石に似る男をも」として収録されている。そして、『海の声』では「日向の青島より人へ」の詞書がはっきりついている。恋しさのあまり遠い南の国から小枝子に思わず呼びかけたのだ。ビロウはヤシ科の高木で、海風に吹かれる強い葉の音と潮の響きは、気持を妙にたかぶらせるものだが、牧水もそうだったのだろう。自分のことを忘れず思っていてくれと。

　「わだの原」の一首目、胸中の「秘められし千々の愁ひ」は抑えがたく海上に溢れ出してしまうと歌っている。二首目、青春の「愁ひ」を抱いた自分を「白つゆか玉かとも見よ」とは自己陶酔的ながら清々しい。後の名歌「白鳥《しらとり》は哀《かな》しからずや空の青海のあをにも染まずただよふ」に先立って一面の青いろのなかで青に染まらない白のイメージを出していることも注目していい。なお、この歌については、牧水が『伊勢物語』第六段の「白玉かなにぞと人の問ひし時露と答へて消なましものを」の恋の歌を胸において詠んだという指摘を島内景二が「牧水と、古今集の歌ことば」(「短歌現代」平成十七年三月)において行っている。「わだの原」十四首を発表した十月、牧水は鈴木財蔵にあてた手紙の中で次のように書いている(十月二十六日付)。

「わだの原」の批評、難有う《ママ》、いかにも拙い、いつでものことだが、あれでも詠んだ当時は非常に気に入つてるのだから驚く、然し既往の咏みぶりよりは少々気の利いた点があつただらう。(中略)白つゆの一首の下句を改めて「青きうへゆき人恋ふる身を」とした。

前に述べたように、親友財蔵には前年の十二月に自分が恋愛していることを告白している。だから、この改作を示すことができたのである。そして、『海の声』ではこの改作通りに発表されている。

白つゆか玉かとも見よわだの原青きうへゆき人恋ふる身を

表題作であり、一連十四首の中心であるこの歌を、牧水は初めからこう歌いたかったのではないか。そして、作品としてもこちらがいい。第四句の「青きうへゆき」の連用形は恋心の躍動を伝える。そして、青島の歌が小枝子への呼びかけだったのに対し、この歌は全世界にむかって自分は恋しているんだと高らかに宣言しているように思える。

　さて、夏休みを終えた牧水は八月下旬には出郷する。上京後の生活について大悟法利雄の著作から引こう。


九月に上京した牧水は、まもなく牛込原町二丁目五十九番地に引き越した。専念寺という小さな寺の離れで、四畳半二間きり、そこもやはり直井（敬三）との同宿生活であった。寺の境内のその小さな離れに時おり小枝子の姿が現われた。彼女一人のこともあったが、従弟が一緒のこともあった。従弟というのは日高（園助）の恋人の弟で赤坂庸三、その従弟と同じ家に下宿していたのである。親切な牧水はその二人を何かと世話してやり、時にはなけなしの財布の底をはたいて豚カツなど御馳走してやったとは庸三が私に語ってくれたことで、彼はそういう牧水によくなつき、また尊敬もしていた。

『若山牧水新研究』


直井敬三は延岡中学時代の友人で、国学院の高等師範部に学んでいた。釈迢空に「牧水詠歎」(注11)の文章があり、「伊勢の皇学館から、直井敬三と言ふ人が、私と同じ学校で、科の違つた高等師範部に転入して来た。これが、牧水の同国人で、東京に来ても親しく往き来してゐたらしい」と記している個所がある。

　その直井は同じ下宿なので、訪れてきた小枝子に当然出会ったに違いない。しかし、「創作」の「若山牧水追悼号」（昭和三年十二月）の「甘納豆と豚肉」と題した文章で、「東京では明治四十年の始から、四十一年の暮まで満二年間、同じ下宿の同じ部屋に起臥したので、その長所も短所も御互に知り過ぎる程に知ってゐるので語るべき事が余りに多い」と言いながら、小枝子の印象等は何も語っていない。この時点ではまだまだ秘密だったのだろう。

小枝子の印象について語った貴重な文章としてよく引かれるのは、早稲田の同級生だった佐藤緑葉の『若山牧水伝』の一節であり、先に引用した森脇一夫の文章にも引かれている(注12)(本書三十三頁参照)。

九

では、そんな小枝子、そして彼女に対する想いを牧水はどう歌っているか。この年の「詩人」十月号「夜のうた」十五首、同十一月号「うつせ貝」十二首、「新声」十一月号「若さ」五十六首、同十二月号「沈黙」三十首が大いに参考になる。

先ず「夜のうた」から引こう。タイトルのように、二人の夜の歌である。後半の作を引く。

①白昼《ひる》のごと戸の面月の明う照るここ夜《よる》の国君と寝《ぬ》るなり
②明月や君とそひねのままにして氷らぬものか温き身は
③君睡《ぬ》れば灯の照るかぎりしづやかに世は匂ふなりたちばなの花
④寝すがたはねたし起すもまたつらしとつおいつして虫を聴くかな

⑤ふと虫の鳴く音たゆればおどろきて君見る君は美しう睡《ぬ》る
⑥君睡るや枕のうへに摘まれ来し秋の花ぞと灯は匂やかに
⑦美しうねむれる前にむかひゐて長き夜哀《かな》し戸に月や見む
⑧月の夜や君つつましうねてさめず戸の面の木立風真白なり
⑨この寝顔或日泣きもしすねもしぬこよひ斯くねてわれに添へれど（注13）
⑩をみなとはよく睡るものよ雨しげき虫の鳴く音にゆめひとつ見ず

明るい月の夜に、二人で寝ている場面で構成されている歌である。①は明るい月光の戸外と別世界の二人の「夜の国」を幸福感をもって歌っている。②の「明月」の歌は冷涼とした月光に「そひね」したまま氷ってしまいそうだが、恋する「温き身」は氷ることはないだろう、そんなふうに解釈してみた。③は君が眠ったあとの「たちばなの花」の香が清新なエロティシズムを感じさせる。④はよく眠っている彼女を起したいがそれもどうかなと思って寂しく虫の音を聞いている。⑤の「ふと虫の」は、虫の音がふととぎれたので彼女を思わず見やったが、変わらず彼女は美しい寝顔で眠っている。「おどろきて」が牧水の心理をよく表わしている。⑥は秋の花のように床に寝ている彼女のイメージである。⑦はいつまでも彼女が覚めないでいるのが哀しくなってひとり戸外に月を見に出ようという歌。⑧の「君つつましう」の歌に、戸外に出て彼女をうらんでいる心持ちはない。つつましい寝姿を思いつつ、月夜の明るい木立をながめている。（注14）⑨は二人の日常の関係を想像させる唯一の歌である。あるときに彼女が泣いたりすねたりしたというのだ。何が理由かは分からない。相手に不満があるときに強く主張するタイプの人があるが、彼女は泣き、すねるタイプだったらしい。最後の⑩は何とよく眠ることかと感心し苦笑している歌で、読者にもおかしみが感じられる。

この一連、「君と寝る」と言い「そひね」している歌である。二人は同衾し性的関係を結んだと常識的には考えるところだが、これらの歌を見るかぎり牧水は文字通り彼女のそばに寄り添って寝ただけと理解するのが順当であろう。そして、そう理解してこそこの一連の味わいがある。美しく眠っている恋人を目の前にしての、まさに「とつおいつ」の恋心がういういしく魅力的ではないか。彼女が性的関係をいまだ望んでいなかったことが背景に想像される。若い牧水に性欲がないわけではない。彼女と触れ合いたい気持をもちつつ、彼女に対する一方的な行為を牧水は望まなかったのだ。同宿していた直井敬三が先に触れた「甘納豆と豚肉」で、牧水は一言で評すれば「純情の人」であると書き、文の最後を「彼は又清教徒であつた、彼とは二十四歳の暮まで一緒にゐたが其間待合入りをしたり遊廓に行つたりした事はただの一度もなかつた」と記して締めくくっていたのを思い出す。そんな「清教徒」のような牧水だから、翌年の新春に千葉県の根本海岸に小枝子と結ばれたときに絶唱が生れたのである。そのことは強調しておいていい。

続いて「詩人」十一月号に「うつせ貝」と題して発表された十二首のなかから小枝子を歌った作を引いてみよう。なお、うつせ貝とは肉のないからの貝のことである。

①もし怨むこころおこらばおこらばとそれのみかなしうき人を恋ふ

②遠山の峯の上《を》《へ》にきゆるゆく春の落日のごと恋ひ死にも得ば
③なみだまた涙を追ひてはてもなし何おもふとや倦みはてし胸
④さびしくば悲しきうたをみせよとは死ねとやわれにやよつれな人
⑤このこころ行くにつかれてはて知らぬみちに死になばわれいかにせむ
⑥あやめ草あやめもわかぬ片恋のみだれしほどをうつくしむとや
⑦山茶花は咲きぬこぼれぬ逢ふを欲《ほ》りまた欲りもせず日経ぬ月経ぬ(注15)

「うつせ貝」の前半七首である（後半の五首は離京する日高秀子を歌った一連になっている）。一読して「夜のうた」とはかなり違った作品であることが分かる。連続した場面はない。心を述べることに急である。それも切迫した心だ。

①の「もし怨む」は、怨む心が強まったらどうしよう、それだけが悲しいと思いつつ、憂えの表情を見せる彼女を恋しているという歌である。「怨む」の主語は小枝子とも考えられるが、そうではなく作者の牧水と考えたい。その方が牧水の心は複雑に表現されていることになる。愛憎のアンビバレンスに揺れ動く心である。②は遠山に消える美しい春の落日のように恋いこがれて死ぬことができたらどんなにかいいだろうという歌だ。そう思うほど実際の恋は錯雑した事情で展開していたのである。

錯雑した事情を推測してみたい。牧水が小枝子を本心から愛し、恋していたことは疑いようがない。それゆえに「恋ひ死にも得ば」なのである。小枝子の方はどうか。浅からぬ愛情を抱いていたはずであり、だから交際を続けていた。だが、彼女には広島に残してきた夫と子供がいた。この時点で牧水はまだそのことを知っていなかった。大悟法利雄が次のように言っている。「牧水は彼女が既に人妻であるばかりか、二人の子の母親であることなど夢にも知らず、ただ日高の紹介で保護を求めるようなかたちで訪ねて来た小枝子に同情し、その美しさに魅了されて、他のことなど何も考える余裕がなかったのだろう。それほどまでにうぶで純情な牧水だったのである」(『若山牧水新研究』)。牧水が小枝子の来歴を知ったのは大悟法利雄によれば翌四十一年の春である。ただ、牧水が来歴を知らずとも、小枝子の方は自分が人妻であり、それをしかも秘めていることに強い後ろめたさがあり、牧水との関係が深まることに恐れと心配を抱いていたに違いない。小枝子は逡巡せざるを得なかった。

そんな小枝子の事情も気持も知らない牧水は、一定の距離以上に近づこうとしない彼女に苛立ち、「怨む」ことさえした。「うつせ貝」を発表したころの鈴木財蔵あての手紙にその動揺と苦悶ははっきり記されている。「僕は実際近頃は困つてる、いかにも精神状態が変でね、無闇に激昂してみたり悲しんで見たり、さかんに物を書いて見ようとしては直ぐ一二枚で止めて了ふ、殆ど学校などにも出ずに居る」(明治四十年十一月十八日付)、「僕は近来殆ど狂人である、何事もすべて僕の目にはつらく悲しく見ゆる、この生をつなぐことの苦痛は実に無上である、さればとて死ぬことも出来ぬ、僕は毎日物をもせずに狂つて居る、甚だ静粛に」(同十一月二十三日付)。まさに「うつせ貝」になりはてている手紙の内容である。この年の秋は、故郷に帰らず東京で文学者として生きるという、本人から言えば悲壮な決心をした時期でもあるが、そのことよりも恋愛をめぐる問題の方が牧水にとって重大だったと思える。

連作「うつせ貝」の歌にかえる。③の歌の「倦みはてし胸」とは彼女のことを堂々めぐりで幾度も考え疲れはててしまったという思いであろう。④の歌は牧水が或るときに自分は「さびしい」という手紙を書いたのだ。が、彼女の返事は「さびしければ、悲しい歌ができるでしょうから見せてください」と。牧水は「何とむごいことを言う人だ。あなたは私の気持がまるで分かっていない」とほとんど絶望しかけたのだ。「死ねとや」は『万葉集』の「恋ひ死なば恋ひも死ねとや」の影響であろう。⑤は行方の見えぬ恋の道にほとほと死んでしまいそうだという歌である。⑥に「片恋のみだれ」の語がある。上の句は言うまでもなく『古今集』の「ほととぎす鳴くや五月《さつき》のあやめ草あやめも知らぬ恋もするかな」他を借りている。③⑤⑥は歌集に収録されていないが、出来ばえからいうと当然であろう。逆に言えば、歌集編集時には牧水は自己の作品を客観的に評価する力を持っていたということである。最後の⑦の歌は歌集に収録されている。山茶花が咲いてやがて花びらをこぼすまでの間、逢いたいと思ったり反対に逢いたくないと思ったりしているうちに月日が過ぎてしまったという思いである。逢いたい、だが逢うと、彼女の態度に失望し絶望してしまわざるを得なかったからだ。

この「うつせ貝」と同月の十一月に発表された作品がある。「新声」十一月号の「若さ」と題する五十六首である。

わが若きむねは白壺さみどりの波たちやすき水たたえ《ママ》つつ

春くれば秋たつ見ればものごとにおどろきやまぬ瞳の若さかな

こういう二首で始まる。心が感じやすく、揺れやすいのが「若さ」であり、そんな「若さ」を尊く讃えたいという浪漫性の強い二首である。

では、「若さ」の一連から小枝子との恋愛を歌ったと思われる作を引こう。

①恋ひ怨みかたみに満ち干わがむねの海の春秋潮わかやかに
②日の花は御そらに恋の一輪は青の八千草生ひ茂る胸
③秋立ちぬわれを泣かせて泣き死なす石とつれなき人恋ひしけれ
④秋の夜や君の襟なるうすいろのゆかりに浮きし白ふじ《ママ》の花
⑤夜ひらく花のやうなり常ひごろ笑はぬ人のたまのほほゑみ
⑥恋人よともに逝かずや相いだきこころ足らひし悲哀のうちに
⑦黒かみはややみどりにも見ゆるかな灯にそがひ泣く秋の夜の人
⑧立ちもせばやがて地にひく黒髪を白もとゆひに結ひあげもせで
⑨御頬の上の髪のひとつに灯のかげのやどるが哀しかきあげてがな
⑩やつれにし髪に王者の威を見よと憎くやわが人うちそがひ居り（注16）
⑪何といふながき髪ぞや立ちてみよそちら向きみよ戸に倚りてみよ

①は「恋ひ」心と「怨み」心が交互に訪れるという歌、②は恋の花が八千草の胸に咲いているという歌。この二首は「胸」を海や草原にたとえているのだが、その発想自体が今日から見れば甘くて陳腐である。

その点、③は実感が伝わる。初句切れの「秋立ちぬ」は時間の推移とともに、冷涼の季節の到来を示している。自分を確かに愛してくれているはずなのに、心も身も投げ出してくれない彼女を「石」のように「つれなき」人と思いつつ、恋しさをより募らせている。事情を知る後の世のわれわれからすれば、まことに同情すべき牧水の姿である。

④は小枝子の着ている着物についての具体的表現がなされているめずらしい歌である。小枝子の写真は大悟法利雄著『若山牧水新研究』に二枚掲載されている。一枚は「若き日の小枝子」、もう一枚は「後年の小枝子」で、どちらも着物姿であるが、後者の写真は襦袢の襟をかなり覗かせて写っている。模様のある襟である。この四首目の「うすいろのゆかりに浮きし白ふじ《ママ》の花」も襦袢の襟である。「ゆかり」は言うまでもなく紫色。薄紫色の上に映えている白藤の花。牧水は単に襟の花の模様を歌ったのではなかった。小枝子の女性としてのイメージを襟に見たのでかく歌ったのだ。あくまで上品で、清らかな女性というのが牧水にとっての小枝子のイメージだったと思わせる歌である。⑤は彼女を「常日ごろ笑はぬ人」と歌っている。小枝子はよく笑う明るい女性のタイプではなかったようだ。そんな彼女がたまたま微笑んだのを「夜ひらく花」にたとえている。静かで寂しい感じのする微笑をする人だったか。⑥の「恋人よ」はともに死のうではないかと歌っている。「こころ足らひし悲哀」というのが「悲哀」をよく歌った牧水らしいが、

この後でもっと苦痛に満ちた状態になるのを予感していた歌とも読める。実際、地獄のような日々が後には待っていた。

⑦以降はいずれも「髪」を歌っている。この年の「新声」六月号の作で小枝子の髪はすでに歌われていた。先ず引用最後の⑪を見てもらおう。「何といふながき髪」と歌われている。立ってその長い髪をよく見せてくれと。牧水にはその髪の長さが大きな魅力だったらしい。⑦の歌、みどりの黒髪といえば、黒くつやのある美しい髪だが、この場合は灯の下で背を向けて泣いている彼女の長く垂らした髪の美しさを歌っている。泣いている彼女に当惑しつつも惚れなおしているような歌だ。⑧は立ったら地につくほどの長い髪を元結で結ばずにいるという場面である。彼女の心が悩み、乱れていることを捉えた作であろう。⑨の「御頬」の歌、彼女の頬に垂れたひとすじの髪が灯に光ったのを見たという感覚的な表現であるが、あまりに哀しいのでその髪をかきあげてくれと感情の歌に仕上げている。⑩は背を向けている彼女をどうすることもできないあきらめを歌っている。髪はやつれているが「王者の威」のようだという表現が牧水の逆らえない心理をよく表している。「わが人うちそがひ居り」とは背を向けて坐っている姿勢のことだけでなく、彼女の心の姿勢をも指していよう。小枝子がどれほどの髪の長さの女性だったのかは分からない。(注17)ただ、髪をとけばある程度の長さをもつ小枝子だったと思われる。そして、牧水と二人いるときに、その髪をとく間柄だったことはこれらの作が示している。

「詩人」十一月号の「うつせ貝」、「新声」十一月号の「若さ」、この二つの連作に見られる牧水と小枝子との関係は基本的には同じと言っていい。牧水は強く小枝子に迫り、小枝子は牧水に応えようとしない。「片恋」に牧水は歎き、一方小枝子はしばしば涙を見せている。「新声」十二月号に「沈黙」と題する三十首を発表している。この一連は小枝子を直接に歌った作は少ない。

①月の夜や裸形《らぎやう》のをんなそらに舞ひ地《つち》に影せぬ静けさおもふ
②ひややけき秋の沈黙《しじま》にあふられて胸の火いやに燃えさかるかな
③なみだもつ瞳つぶらに見はりつつ君悲しきをなほかたるかな
④君さらに笑みてものいふ御頬《みほ》の上《へ》にながるる涙そのままにして（注18）

①は『海の声』には収められたのに『別離』には収められなかったのが惜しい作である。裸の姿の女（小枝子以外には考えられない）が月の輝く空に舞うのを見たという幻想が美しい。裸の天女になった小枝子。エロティシズムを感じさせる歌だが、「地に影せぬ静けさ」はそのエロティシズムを清いものにしている。だが、牧水からすれば抑圧されている性の欲望があらわなように思えて『別離』ではカットしたのだろうか。②は①に続けて置かれている作であり、連続して読めば「あふられて」いる「胸の火」とは性の欲望ということになる。心身ともに彼女と一体となりたいという想いが牧水に強まっていたのに違いない。

③と④も並んで置かれている作である。「君」は「悲しき」を涙して語り、そのあとようやく微笑んだという。頬の上の涙はそのままにして、小さな諍いがあったのかも知れない。だが、円

満に解決したという場面だろうか。

なお、この「沈黙」の六首目には、後に牧水の代表作となった「白鳥《しらとり》は哀《かな》しからずや空の青海のあをにも染まずただよふ」の原形が出ている。


白鳥《はくてう》は哀《かな》しからずや海の青そらのあをにも染まずただよふ（注19）

「幾山河越えさり行かば寂しさの終《は》てなむ国ぞ今日《けふ》も旅ゆく」とともにどこで歌われたのか詮索される作である。「沈黙」の連作をなしたころ牧水は遠い旅には出ていない。

「沈黙」のなかに「むらむらと中ぞら掩ふ阿蘇山のけむりのなかに沁む秋の日よ」の歌がある。牧水が阿蘇に登ったのは明治三十五年の中学の修学旅行のときで、五年前のことだが、牧水はこの明治四十年の秋に阿蘇をなつかしがっている。熊本の友人百溪祿郎太にあてて「自分は三十五年の秋を憶ひ起さずに居られない」「月明の裡に遠く望んだ阿蘇の烟、身をふるはしたいほど可懐しさの情が湧いて来ます」「僕は霊妙不可思議なる火山の煙を憶ふことがいよいよ切になつた、或は近々『阿蘇山を憶ふ』とでもいふのを書かうかと思ふ」と書いている（明治四十年十月二十六日）。そして、この一首を『別離』では「七首阿蘇にて」の詞書とともに掲載している。東京にいて阿蘇に恋している歌である。

そのことに触れたのは、「白鳥」の歌も同様に東京にいて海の白鳥を思っている歌だと述べたいためである。「沈黙」では「白鳥」の歌に続いて次の作が置かれている。

海の上の空は真蒼《まあを》に陸の上の山に雲居り日は帆のうへに

船から海の上の空を眺め、陸の上の山の雲を望んでいる歌である。この歌は「海の上《へ》の空に風吹き陸《くが》の上の山に雲居り日は帆のうへに」と少し改作されたが、『別離』には「六首周防灘にて」の詞書とともに発表されている。この歌が周防灘の作であるということは「白鳥」の歌も同じ可能性がある。牧水は宮崎と東京の往き来にはかならず周防灘を通っていたし、この年の秋もそうだった。その意味では「白鳥」の歌も「周防灘にて」の一連の中に入れてもよかったのだ。だが、牧水は『海の声』では周防灘の一連から離して、歌集冒頭の恋人を想う海の連作に入れ、『別離』では明治四十一年早春に小枝子と過した根本海岸の連作に入れている。歌人の勝手な編集という人もあるだろうか。私はそうではなくそもそもが恋の歓びと憂えを中心に置いた青春歌集としてまとめるのに必要な構成だったのではないかと思う。周防灘を船が過ぎれば、小枝子の出身地の広島県の海を通り、彼女と初めて出会った神戸に向かうのである。

もっとも、「幾山河」の歌についても、「どこの場所で歌われたかを消去したところにこの歌の意味がある」と先に述べたが「白鳥」の歌についても同様のことが言える。この二首が人々の愛誦歌になったのは、読者が自由かつ自在に自分の好きなイメージでこれらの歌を読むことができるからである。もちろん、五七調のゆったりとして潤いのある調べも人びとの愛誦歌となるのに大きく貢献している。

十

年が明けた翌四十一年の一月の歌を見てみたい。周知のように、牧水は小枝子と連れだって四十年十二月二十七日に東京を発ち、千葉県の根本海岸に十日あまり滞在する。二人はそこで心身ともに結ばれたが、その体験が発表されるのは雑誌の締切日の都合から二月号になってである。

先ず「詩人」明治四十一年一月号の「風凪ぎぬ」十二首から引こう。

①君なりきいな異なりきなにといふ可笑しき夢を見る夜ごろぞも
②凪ぎし日の昼すぎなりきわれ椅子にありてまた見ぬよべの夢の人
③つとわれら黙《もだ》しぬ灯かげ黒髪のみどりは匂ふ風すぎてゆく
④われらややに頭《かうべ》をたれぬ胸ふたつ何をかおもふ夜風遠く吹く
⑤風消えぬ吾《あ》もほほゑみぬ小夜の風聴きつつ君のほほゑむを見て
⑥などこよひ言葉すくなき窓の外の樹に棲む風を君聴きながら
⑦風凪ぎぬ労れて木々の凪ぎしづむ夜を見よ少女さびしからずや(注20)
⑧風なぎぬ松と落葉の樹の叢《むら》のなかなるわが家いざ君よねむ

晩秋の落葉の季節の作である。「風凪ぎぬ」のタイトルのように、二人の関係も静かに落ち着いたものになっていたことが想像される。作品の一々に触れることはしないが、③の歌の「つとわれら黙しぬ」の表現などを読むと、二人が言葉が少なく黙りがちであったことを改めて思う。⑥に歌われているように牧水は彼女にもっと語ってほしい気持だった。なお、この歌の下の句の「窓の外の樹に棲む風」の言い方はいかにも牧水らしい自然感受である。⑦の歌では小枝子を「少女」と呼んでいる。少女とは普通は年若い未婚の女性を指す。ということは牧水は、小枝子が自分よりも年齢が一つ上ですでに結婚して二人も子供がいるということを、全く知らなかったということになる。大悟法利雄によれば、牧水が小枝子の年齢を知ったのは明治四十一年の二月である。(注21)最後の⑧は『別離』の上巻の結びに置かれてよく引かれる歌である。「いざ君よねむ」の「ねむ」はこの一連から察するにやはり単なる添寝であろう。優しさと清さが感じられる。

「新声」明治四十一年一月号は「われ」と題する三十首である。タイトルのように「われ」そのものをテーマにして歌っている。そして、小枝子はまったく登場しない。もちろん、小枝子をめぐる問題があって「われ」自身を問わざるを得なくなったのである。

かなしみはしめれる炎声も無うぢぢと身を焼く焼き果てはせで
あれ行くよなにの悲しみ何の悔ひ犬《ママ》にあるべき尾をふりて行く
むしろわれけものをねがふ思ふまま地の上這ひ得るちからをねがふ
天《そら》の日にむかひて立つにたへがたしいつはりにのみみち満つる胸
われ生《あ》れしまへにありにしわれといふもののありせば日の光《かげ》に似む

地をふめど踏むとも知らず天見れどみるとも知らずわれいづち行く（注22）

六首だけ引いた。悲しみに焼かれ続けているという歌である。そして、悲しみや悔いをもたず「思ふまま」生きるけものでありたいと。「いつはり」とは「思ふまま」生きていない状態を指して言っているのに違いない。本来は「日の光」のごとく輝いていた自分が正体を失っているさまを歎いている。南国の日向に生れ、両親にたっぷり愛されて育ち、よき友人に恵まれ、何の不幸も経験していない牧水にとって、小枝子との恋愛問題は、「われ」の自信を揺るがし、「われといふもの」の存在理由を厳しく問うものとなった。平たく言えば「こんなはずではなかった」という思いである。小枝子の中途半端に見える態度が関係していた。小枝子が愛情を持ってくれているように見えるのに、ある距離以上に近づこうとしない態度が牧水を苦しめた。もちろん、小枝子は小枝子で、夫のある身なのに牧水と深い関係をもつことに逡巡があった。自分を「少女」のごとく思い、信じこんでいる牧水に本当のことを言うべきかどうか悩んでいたはずである。

「新声」は明治四十一年一月に「新春特別号」をもう一冊出している。奥付は一月十五日発行となっている。牧水は「われ歌をうたへり」と題してこちらにも三十首を出している。この号の原稿締切日はいつだったのだろうか。先の一月号では歌われなかった根本海岸の歌が数多くある。牧水達は霊岸島から館山行きの船に乗った。連作の初めの方には「山かげの闇に吸はれてわが船はみなとに入りぬ汽笛《ふえ》（ママ）長う鳴く」などの船上の歌がある。根本海岸は風光明媚で、東京の人びとにとっては手近な保養地の一つだったようである。海岸の二人を歌った作を引いてみよう。

①手をとりてわれらは立てり春の日のみどりの海の無限の岸に
②海なつかし君等みどりのこのそこにともに来ずやといふに似て凪ぐ
③白き鳥ちからなげにも春の日の海をかけれり何おもふ君
④春の海はづかにふるふ額伏して泣く夜のさまの誰が髪に似る
⑤君笑めば海はにほへり春の日の八百潮どもはうちひそみつつ
⑥御ひとみは海にむかへり相むかふわれは夢かも御ひとみを見る
⑦春の海のみどりうるみぬあめつちに君が髪の香満ちわたる見ゆ
⑧しとしとと潮の匂ひのしたたれり君くろ髪に海の瓊《に》をさす（注23）

根本海岸行きを誘ったのは牧水である。少年時代から海に対する強い憧憬を抱いていた牧水は小枝子と海に行きたかった。そして、小枝子がついに承諾してくれたのである。牧水にとってこれ以上の喜びはなかったであろう。

①の歌の「手をとりてわれらは立てり」は少年のように素直な表現だ。深い藍色の海を眺めながら立っているのだが、「海の無限の岸」の「無限」とは二人の無限の愛を牧水が願い祈っていることから生れた言葉に違いない。②は「無限」の海の底にこのまま入ってしまいたくなる誘惑を感じるという歌である。③の結句の「何おもふ君」は彼女の心をまだしっかりと確かめていないという思いから生れた表現であろう。「ちからなげ」な白鳥が不安を高めている。④の歌は波

がわずかに立つ海を見て、泣いていた時の彼女の髪のうねりを想っている。そして、海と彼女をオーバーラップさせて歌っているのが⑤以下である。八百潮も「君」に従っているような⑤の歌が特に面白い。

「新声」二月号は「海よ人よ」と題する四十六首の大作である。「人」とは言うまでもなく小枝子その人であり、一連の歌を読むと五十首近い作を歌わずにいられなかった心が伝わってくる。

①海哀《かな》し山またかなし酔ひ痴れし恋のひとみにあめつちもなし
②安房の国海にうかべり君とわれ棲みてねむるによき春の国
③海青しその青かるがひたぶるに荒ぶを見つつ紅《あか》む御頬よ
④みじろがでわが手にねむれあめつちになにごともなし何の事なし
⑤くちづけは長かりしかなあめつちにかへり来てまた黒髪を見る
⑥夜半の海汝はよく知るや魂一つここに生きゐて汝が声を聴く
⑦松透きて海見ゆる窓のまひる日にやすらに睡る人の髪吸ふ
⑧音ぞまよふ照る日の海に中ぞらにこころねむれる君が乳《ち》の辺《へ》に
⑨山を見よ山に日は照る海を見よ海に日は照るいざ唇《くち》を君
⑩接吻《くちづ》くるわれらがまへに涯もなう海ひらけたり神よいづこに
⑪ああ接吻海そのままに日は行かず鳥翔《ま》ひながら死《う》せ果てよいま
⑫ともすれば君口無しになりたまふ海な眺めそ海にとられむ

⑬君かりにかのわだつみに思はれて言ひよられなばいかにしたまふ
⑭短かりし一夜なりしか長かりし一夜なりしか先づ君よいへ（注24）

多い引用になったが、これでも一連の三分の一以下である。明治三十九年の夏に小枝子と出会って一年半後に牧水はついに恋を成就させることができたのである。①の歌に「酔ひ痴れし恋のひとみにあめつちもなし」とあるように、まさに恋に酔い痴れ、歓喜の声をあげている作品の連続である。ここに引いた多くの作は『海の声』『別離』に収録され、⑨の「山を見よ」、⑪の「ああ接吻」のように恋の歌の絶唱として愛誦されているものが少なくないが、この歓喜の歌の背後にはこれまで縷々述べてきたような惑いや悩みがあったのである。

右の歌に、「われ」の自信があふれていることを言っておきたい。揺らいでいた自分が彼女に受け容れられることによって生きいきとした存在になり、存在理由など問わないでいい「われ」になっている。たかが一人の女性の態度如何によって、という声もあるであろう。だが、牧水にとってはたかが一人の女性ではなかった。自分の意志と力を超えた「運命」として彼女は目の前に現れ、青春の日々を翻弄されたのである。その「運命」を手中にした自信はたとえば④の「みじろがでわが手にねむれあめつちになにごともなし何の事なし」といった作を生んでいる。

しかし、確かに手中にしたと思った「運命」は、根本海岸から東京に帰った後すぐに違った顔を見せるようになる。再び牧水の意志と力を超えたものとして動き始めるのである。牧水がいけなかったのか。小枝子がいけなかったのか。「新声」明治四十年三月号はやはり三十七首の大作であるが、題は「乱れ」である。二月号の「海よ人よ」と打って変わって「運命」の前に乱れている姿を率直にさらしている。「運命」との出会いをどう自分自身のものにするか、その苦闘のなかから牧水の青春の文学は生まれた。

（注1）若山喜志子が昭和四十三年に世を去ったことも発表の環境をととのえたに違いない。なお、この文章は『若山牧水新研究』（昭和五十三年、短歌新聞社）に収められた。
（注2）塩月眞著『牧水の風景』は諸資料に基づきながら小説風のタッチで牧水の生涯を描いているのが特色である。昭和六十年に延岡東郷町人会から発行された。なお、塩月眞は平成五年三月に「内田もよのこと―初恋以前の女性」（『若山牧水全集』第六巻月報）を執筆している。
（注3）林芙美子はプロレタリア作家として活躍した若杉鳥子（明治二十五年～昭和十二年）と交遊があったが、鳥子は牧水が明治四十二年に「中央新聞」の社会部の記者だったころに家庭部の記者であり、後に牧水の「創作」に参加している。その鳥子の影響で芙美子はこの歌を知ったのかも知れない。
（注4）拙著『牧水の心を旅する』（角川学芸出版）の「『別離』の世界」参照。
（注5）次の五回の手紙である。明治三十九年九月十日付、同年十二月二日付、明治四十年二月一日付、同年十月二十六日付、同年十一月十八日付。
（注6）長嶺元久「お秀が墓」（「牧水研究」第二号）、「日高秀子」（同第七号）。
（注7）大悟法利雄「小枝子を追って」の中には、昭和十五年五月に、東京四谷に住んでいた生前の小枝子を尋ねて話を聞いた場面が出てくる。その中に「日高園助氏の話が出て、その日高さんを通じて（牧水と）知りあったということを小枝子が話すので、実はそのことは日高さんから聞いていたと話すと、日高さんはいまどこに住んでいてどこに勤めているかと訊くので、沼袋に住んでいることや勤めている会社のことなどを話すと、しばらくしてまた勤め先の名

を訊きかえす」という個所があり、この場面で出た話であろうと思われる。

（注8）牧水が鈴木財蔵に宛てた手紙の中に「君の恋もの語り、是非この夏には承りたいものだ」（明治四十年六月三日付）、「女の来訪にさうまで度胆を抜かるるやうではまだお若い、とてもいい詩は出来ません、今少しひらけなさい」などの言葉が見える。

（注9）①の「見も知らで」は、上の句を「あひもみで身におぼえゐしさびしさと」に改作して「新声」明治四十年二月に発表。②の「寂しさは」は、雑誌発表なし。③の「人どよむ」は、「ひぐるま」明治四十年二月に発表。④の「山こえて」は、「山越えて空わたりゆく遠鳴の風ある日なり白梅のはな」と改作して「新声」明治四十年三月に発表。⑤の「恋ひ恋ふる」は、「恋ひ恋ふる世に成らざらむこともなき思ひのみして若かりし日」と特に結句を改作して「新声」明治四十年六月に発表。⑥の「君泣くか」は、結句を「もの静けさに」と改作して明治四十年二月の「ひぐるま」に発表。このようにこの時期に制作された短歌は主に「新声」の明治四十年二月、三月、「ひぐるま」の同年二月に発表されている。これらの作品の調査と研究については森脇一夫著『若山牧水研究―別離研究編―』（桜楓社）が労作である。

参考までに「新声」明治四十年二月と三月、「ひぐるま」明治四十年二月の全作品を引いておく。

「新声」明治四十年二月号（二十四首）

わがむねによき人すめり名もしらず面わもしらずただに恋ひしき
あひもみで身におぼえゐしさびしさと相見てのちのこの寂しさと
初夏のうすきみどりの世に咲かむ白き花かやわが悲しみは
葉をもれて幹にながるる常磐樹の冬の夕日のうす茜かな
窓おせば月照る庭の槇の樹に白う流るる冬の灯かげよ
二月《きさらぎ》やわが家遠《やとほ》巻くふるさとの野を焼く烟の青き恋ひしき
女三人かたみにおのが恋人をおもへど言はぬ春の灯のかげ

ともすれば穂に出《づ》るおもひ山に咲く桜の花とほの匂ふかな
里住みの秋の草の家いそいそと灯ともす宵の君をこそおもへ
山ざくら大木なれど花はまだ三つ四つのみよ春青き空
事もなきわが世の春の静けさに得やはたふべき散れさくら花
ふるさとの桜の山のまぼろしのまろらにうかぶ春の灯のかげ
相ゆくや御髪《みぐし》に露もにほふらむ春の月夜のものうるほひよ
月の夜の小家まじりに黒ずめる樫の木原をゆく時雨かな
君もわれもふりわけ髪のをさなきにかへりてめでむ山ざくら花
ふるさとや従妹は町の商人《あきうど》の妻となりけり山ざくら花
山ざくら花のつぼみのゆらゆらに薄くれなゐのつゆ匂ふさま
あひもみず逝きにし友の恋人のおもかげおもふ春の雨の日
阿蘇の山けむりのなかの樫の葉に散りきてきゆる春のあは雪
しらしらと初雪つもり山はみなきよらに明けぬ青き秋の日
美しきおもひにみつる身ひとつをめぐらふ春の夜の寒さかな
あけぼのの東風さへいとふあえかさの花にも似なむわが恋路かや
君よこよひあはれのきはみかたりいでわれ泣かせずや春雨のふる
怨言《かごと》をもほどよきほどにおきたまへ見よ更けそめし春の夜の雨
「ひぐるま」明治四十年二月号（「山桜帖」三十四首）
さびしさのはぐくむ芽ありほの紅う二つ葉萌えて天させるかな
あひ見ねば見む日をおもひ相見ては見ぬ日をおもふさびしきこころ
見てあればかたみに稚児《ママ》のいとけなさ昔にかへりほほゑまれぬる
わがこころみづからたえぬ重もたさの玉をになひて行くか遠きに
君泣くか相むかひゐて言もなき春の灯かげのもの静けさに

われはいま暮れなむとする雲を見る街は夕べの鐘しきりなり
人どよむ春の街ゆきふとおもふふるさとの海の鷗啼く声
わが父よ神にも似たるこしかたにおもひでありや山ざくら花
事もなう老いぞ来まししちちははの幾代の春の山ざくら花
母恋ひしかかる夕べのふるさとの桜白かる山のすがたよ
ふるさとは南国なればほのぼのと桜つぼまむ如月《きさらず》の日よ
山ざくら日向の国と肥の国のさかひの峯《を》の上《へ》白う流れぬ
をさなき日峯《を》の上《へ》の森ゆ遠見えし海てふものを母にならひき
行きつくせば浪青やかにうねりゐぬ山ざくらなど咲きそめし町
人待ちて棕梠《ママ》の木陰にうつつなう暮れゆく海の音を聴きし日よ
春の朝海のおちなる水いろの空のかなしさ君と行かまし
いつとなうわが肩の上にひとの手のかかれるがあり春の海見ゆ
世のつねのよもやまがたりなにさは涙さしぐむ灯のかげの人
君が戸を出でてかへれば片山の月夜の樹叢《こむら》春の海見ゆ
相行くに春のなぎさの朝なぎの波なきを見て涙ぐむ人
小鳥みな夕照《ゆふばえ》うつる深林のかたへにつどひ啼きしきるかな
野の人は畑にたがやし桃の花老木に咲きぬ事もなき世や
草木《くさき》の花いまぞうなじをたれぬべし見よ春の日の沈みゆくさま
小春日や顔のみ知れる乳《ち》飲《の》み児のとなりの窓にほほゑみてあり
牡丹花の白きがふくむ壮厳に似たりとおぼしこの恋ごころ
街はづれきたなき溝《どぶ》のにほひづるたそがれ時をみそさざい啼く
青き玉さやかに透きて雫せむ静けさ恋ひし春のうらら日
みづみづしう東明《しののめ》だちし春の夜のはづかのひまを散る桜かな

ともすれば消えなむとするまぼろしのあえかの影をとめなやみつつ
茜さし木の葉は太《ふと》きあらはだの幹に芽ぐみぬ淡雪のふる
春くればつねに花咲くなにといふ名ぞとも知らぬ背戸の山の樹
わだつみのそこひもわかぬわが胸のなやみ知らむと啼くか春の鳥
笛吹けば世は一色にわがむねのあやとこそなれ死なむともよし
衣《きぬ》青き白つゆほどのちさき魔のわれを追ふあり秋の灯のかげ

「新声」明治四十年三月号（二十三首）

憧れてあふげば瑠璃の高ぞらにみどりの雨を見るまぼろしよ
いや遠く海《うな》ざかりゆく島のかげ玉とやならむ水いろの空
ふるさとの雄々しき山の薄みどり夢にうかび来《く》悶え寝し夜は
戯れてのぼりし春の樹のうへにはからず見えし遠き海かな
えも忘れず船は駿河の沖なりき遠見てすぎし春の町の灯
生れいで初めて日かげ見し折のうつつなにゐて恋ひわたるかな
春の雨つれなきことのかずかずをあつめてかりに文かきてみぬ
鳥はまたうたがはずなりぬ人を待つ森に靄ふり月もほのぼの
わがおもひ君がおもひにうつろはむここちせまりて涙ぐむかな
はるかなる遠世ならではまた逢はむよしなきさまのそのうしろ影
いつとなう言葉は絶えて春の日の雲見てありき窓のふたりは
さくら樹の若木のしづ枝もえいでしうす紅の葉に照る春の日よ
山越えて空わたりゆく遠鳴の風ある日なり白梅のはな
灯のかげに怨ずる人をうちすてて出づれば春のよき月夜かな
槻の根の落葉の地の上木漏日《こもれび》のまだらのかげを掘る土鼠《むぐら》かな
春の野路かたへの牧に牛あまたねむれるを見て行く少女あり

怨み怨みつひには刃手にとらむ女恋せよ春の夜の雨
ゆゑ知らぬ悲しさせまり逃ぐるごと舟こぎいでぬおぼろ夜の海
船なりき春の夜なりき名も知らぬ旅の男と酌みしさかづき
火事あとの黒木のみだれ泥水のみだれし上の赤蜻蛉かな
酔へばみな恋のほこりのざれ言に涙もまじる若人《わかうど》たちよ
友よ酌めさかづきの数歌のかず山のさくらの数ときそはむ
あらを《ママ》もしろ月夜の桜ほろほろと散るがおもしろいざや酌まうよ

右の歌の中のかなりの数の作が『海の声』『別離』に収録されている。

（注10）『海の声』では次のような十三首になっている。

松の実や楓の花や仁和寺《にんなじ》の夏なほ若し山ほととぎす（京都にて）
けふもまたこころの鉦《かね》をうち鳴《なら》しうち鳴しつつあくがれて行く（十首中国を巡りて）
海見ても雲あふぎてもあはれわがおもひはかへる同じ樹蔭《こかげ》に
幾山河越えさり行かば寂しさの終《は》てなむ国ぞ今日《けふ》も旅ゆく
わが胸の奥にか香《かう》のかをるらむこころ静けし古城《ふるしろ》を見る
峡《かひ》縫ひてわが汽車走る梅雨晴《つゆばれ》の雲さはなれや吉備の山々
青海はにほひぬ宮の古ばしら丹《に》なるが淡《あは》う影うつすとき（宮島にて）
山静けし山のなかなる古寺の古《ふ》りし塔見て胸仄《ほの》に鳴る（山口の瑠璃光寺にて）
桃柑子《かうじ》芭蕉の実売る磯街の露店《よみせ》の油煙《ゆえん》青海にゆく（下の関にて）
寂寥や月無き夜《よる》を満ちきたりまたひきてゆく大海《おほうみ》の潮（日本海を見て）
旅ゆけば瞳痩するかゆきずりの女《をなご》みながら美《よ》からぬはなし
安芸の国越えて長門にまたこえて豊《とよ》の国ゆき杜鵑聴く（二首耶馬渓にて）
ただ恋しうらみ怒りは影もなし暮れて旅籠《はたご》の欄《らん》に倚るとき

『別離』では次のような十二首となっている。

松の実や楓の花や仁和寺《にんなじ》の夏なほわかし山ほととぎす（京都にて）
けふもまたこころの鉦《かね》をうち鳴《なら》しうち鳴しつつあくがれて行く（九首中国を巡りて）
海見ても雲あふぎてもあはれわがおもひはかへる同じ樹蔭《こかげ》に
幾山河《いくやまかは》越えさり行かば寂しさの終《は》てなむ国ぞ今日《けふ》も旅ゆく
峡《かひ》縫ひてわが汽車走る梅雨晴《つゆばれ》の雲さはなれや吉備《きび》の山々《やまやま》
青海はにほひぬ宮の古ばしら丹《に》なるが淡《あは》う影うつすとき（宮島にて）
はつ夏の山のなかなるふる寺の古塔《こたふ》のもとに立てる旅びと（山口の瑠璃光寺にて）
桃柑子《かうじ》芭蕉の実売る磯街《いそまち》の露店《よみせ》の油煙《ゆえん》青海にゆく（下の関にて）
あをあをと月無き夜《よる》を満ちきたりまたひきてゆく大海《おほうみ》の潮《しほ》（日本海を見て）
旅ゆけば瞳瘦《や》するかゆきずりの女《をんな》みながら美《よ》からぬはなし
安芸の国越えて長門にまたこえて豊《とよ》の国ゆき杜鵑《ほととぎす》聴く（二首耶馬渓にて）
ただ戀しうらみ怒りは影もなし暮れて旅籠《はたご》の欄《らん》に倚るとき

（注11）「牧水詠歎」は「短歌声調」昭和二十六年四月号発表。牧水の朗詠について、また牧水の歌壇的評価について興味深い内容を含んでいる。

（注12）『若山牧水』は昭和二十二年出版の評伝。緑葉は牧水に代って「創作」を一時期編集したこともあり、法政大学教授等を務めた。

（注13）「夜のうた」の全作品を引いておく。

［夜のうた］
月光《げつくわう》の青のうしほのなかに浮きいや遠ざかり白鷺の啼く
片空に雲はあつまりかたぞらに月冴ゆ野分地に流れたり
さざら波たてでながるる碧空《あをぞら》の雲の海なる月白きかな
三五夜や空に月浮き地《つち》光る君待つむねに紅花《べにばな》の咲く
十五夜の月は生絹の小傘して男をみなの寝し国をゆく

白昼《ひる》のごと戸の面月の明う照るここ夜《よる》の国君と寝《ぬ》るなり
明月や君とそひねのままにして氷らぬものか温き身は
君睡《ぬ》れば灯の照るかぎりしづやかに世は匂ふなりたちばなの花
寝すがたはねたし起すもまたつらしとつおいつして虫を聴くかな
ふと虫の鳴く音たゆればおどろきて君見る君は美しう睡《ぬ》る
君睡るや枕のうへに摘まれ来し秋の花ぞと灯は匂やかに
美しうねむれる前にむかひゐて長き夜哀《かな》し戸に月や見む
月の夜や君つつましうねてさめず戸の面の木立風真白なり
この寝顔或日泣きもしすねもしぬこよひ斯くねてわれに添へれど
をみなとはよく睡るものよ雨しげき虫の鳴く音にゆめひとつ見ず

（注14）斎藤茂吉が「アララギ」明治四十三年六月号の「合評」でこの歌を取りあげて詳しく論じている。『斎藤茂吉全集』第十一巻に収録。

（注15）「うつせ貝」の全作品を引いておく。

［うつせ貝］
もし怨むこころおこらばおこらばとそれのみかなしうき人を恋ふ
遠山の峯《を》の上《へ》にきゆるゆく春の落日のごと恋ひ死にも得ば
なみだまた涙を追ひてはてもなし何おもふとや倦みはてし胸
さびしくば悲しきうたをみせよとは死ねとやわれにやよつれな人
このこころ行くにつかれてはて知らぬみちに死になばわれいかにせむ
あやめ草あやめもわかぬ片恋のみだれしほどをうつくしむとや
山茶花は咲きぬこぼれぬ逢ふを欲《ほ》りまた欲りもせず日経ぬ月経ぬ
さらばとてさと見あはせし額髪《ぬかがみ》のかげなる瞳えは忘れめや（以下女に別れて）
別れてはまた逢ひは見じ西ひがしみち四百里を君はいぬるか

別れてしそのたまゆらようつろなる双《もろ》のひとみに秋の日を見る
おもひやる木草のみなるふるさとの秋にかくれむそのうしろ髪
はらはらと落葉ちる戸のわび住みに君衣《きぬ》や縫ふ物もおもはで

（注16）「若さ」の全作品を引いておく。

［若さ］

わが若きむねは白壺さみどりの波たちやすき水たたえ《ママ》つつ
春くれば秋たつ見ればものごとにおどろきやまぬ瞳の若さかな
青々のうらわか草の胸の野は日の香さびしみもも鳥をよぶ
恋ひ怨みかたみに満ち干わがむねの海の春秋潮わかやかに
若き身は日を見月を見いそいそと明日に行くなりその足どりよ
日の花は御そらに恋の一輪は青の八千草生ひ茂る胸
秋のそら碧きがはてに木犀の一老樹あり日は匂ふかな
うつろなる秋のあめつち白日のうつろの光ひたあふれつつ
秋真昼青きひかりにただよへる木立がくれの家に雲見る
秋立ちぬわれを泣かせて泣き死なす石とつれなき人恋ひしけれ
うしろ髪はづか見せつつ驕慢の醜の少女ら日の草を刈る
さまを見よ暗きかたのみ這ひありく男え知らぬ眼盲ひし少女
うすみどり薄き羽根着るささ虫の身がまへすあはれ鳴きいづるらむ
この家は男ばかりのそひ寝ぞとさやさや風の樹に鳴る夜なり
桐の木にあらく楓にいとほそく寝ざめ琴弾くながつき《ママ》の風
秋の夜や君の襟なるうすいろのゆかりに浮きし白ふじの花
夜ひらく花のやうなり常ひごろ笑はぬ人のたまのほほゑみ
恋人よともに逝かずや相いだきこころ足らひし悲哀のうちに

黒かみはややみどりにも見ゆるかな灯にそがひ泣く秋の夜の人
立ちもせばやがて地にひく黒髪を白もとゆひに結ひあげもせで
御頬の上の髪のひとつに灯のかげのやどるが哀しかきあげてがな
やつれにし髪に王者の威を見よと憎くやわが人うちそがひ居り
何といふながき髪ぞや立ちてみよそちら向きみよ戸に倚りてみよ
大うねり風にさからひ青う行くそのいただきの白玉の波
一波一波万波ことごとしろがねと光りて響く野分する海
遊君の紅き袖ふり手をかざしをとこ待つらむ港早や来よ
南国のみなとの誇り遊君の美なるを見よと帆はさんざめく
満月のうしほの油えんえんと燃えこそあがれ落日のうみ
夕雲のひろさいくばくわだの原半ば掩ひて日を包み燃ゆ
雲は燃え日は落つ船の旅びとの代赭のつらのその沈黙よ
日は落ちぬつめたき炎わだつみのはてなる雲にくすぼりて燃ゆ
ぬと聳えさと落ちくだる帆ばしらに潮《ママ》けぶりせる血の玉の灯よ
船幾日黒き潮のみ馴れし眼にこは耐え得じな光る君見る
とろとろと琥珀の清水津の国の銘酒白鶴瓶あふれづる
舌つづみうてば天地ゆるぎいづをかしや瞳はや酔ひしかも
灯ともせばむしろみどりに見ゆる水酒と申すを君断えず注ぐ
盃は黄金いとはず木を忌まずただ君が持て尽くといふ勿れ
海の猛者鯨といふはわだつみの青潮を吸《ママ》ふわれは盃
酌とりの玉のやうなる小むすめをかかえて舞はむ青だたみかな
くるくるとあめつちめぐるよき顔も白の瓶子も酔ひ舞へる身も
くちびるは吸はじただ酔ひただ踊る狂乱の子に絃しげく弾け

女ども手うちはやして泣上戸泣上戸とぞわれをめぐれる
こは笑止八重山ざくら幾人の女のなかに酔ひ泣く男
酔ひ果てては世に憎きもの一も無しほとほとわれもまたありやなし
ああ酔ひぬ月が嬰児産む子守唄うたひくれずや御膝に寝む
君が唄ふ十三ななつ君はいつそれになるかややや産むかやよ
あな可愛ゆわれより早く酔ひ果てて手まくらのまま君睡るなり
或る時はこの子わび寝し秋雨に眉ひそむかとやや憎くあり
睡れるをこのまま盗みわだつみに帆あげてやがて泣く顔を見む
酔ひ果ててはただ小をんなの帯に咲く緋の大輪の花のみが見ゆ
あな倦みぬ斯く酔ひ痴れし夢のまにわれ葬らずややよ少女たち
かは《ママ》き果て咽喉は灰めく酔ざめに前髪の子がむく林檎かな
月見草つゆちるかほと酔ひ果てし赭顔とならぶ秋の灯のかげ
醒めばまた色の眼鏡に眼をすがめ世を見てすぎむ明日悲しけれ
酒の毒しびれわたりしはらわたにあなここちよや沁む秋の風
二日酔鈍きひとみをあげながら尚ほ恋ふ白の瓶子の木立

（注17）上田博は「立ちもせばやがて地にひく黒髪を白もとゆひに結ひあげもせで」の作について、「黒髪の美女の実景というより、作者のロマン的想像が結んだイメージか」と指摘している。（『和歌文学大系』第27巻『別離』校注）

（注18）「沈黙」の全作品を引いておく。

［沈黙］

見よ秋の日のもと木草ひそまりていま凋落の黄を浴びむとす
日は寂し万樹の落葉はらはらに空の沈黙《しじま》をうちそれども
わがむねゆちとあふれて一すぢの青き糸なし愁ひ日をさす

悲しみのあふるるままに秋のそら日のいろに似る笛吹きいでむ
白鳥《はくてう》は哀《かな》しからずや海の青そらのあをにも染まずただよふ
海の上の空は真蒼《まあを》に陸の上の山に雲居り日は帆のうへに
むらむらと中ぞら掩ふ阿蘇山のけむりのなかに沁む秋の日よ
日があゆむかの弓形《ゆみなり》の蒼空《あをぞら》の青ひとすぢのみちたかきかな
山はみな頭《かうべ》をたれぬ落日の沈黙のなかにうみ笙を吹け
落葉焚くあをきけむりはほそほそと木の間を縫ひて夕空へゆく
秋の日は空のしじまにかもされて雫せむまで照り匂ふかな
月の夜や裸形《らぎやう》のをんなそらに舞ひ地《つち》に影せぬ静けさおもふ
ひややけき秋の沈黙《しじま》にあふられて胸の火いやに燃えさかるかな
虚《うろ》のうみ暗きみどりの高ぞらの沈黙のなかに消ゆる雲おもふ
碧空《あをぞら》の虚ゆく白昼《ひる》の日にむかひものもおもはず涙しきりに
天竺の鳥の羽に似る殷紅の雲ひとつ浮くゆふぞらの青
落日や街の塔の上金色にひかれど鐘はなほ鳴りいでず
黄昏の河をわたるや乗合《のりあひ》の牛等鳴き出ぬ黄のやまの雲
なみだもつ瞳つぶらに見はりつつ君悲しきをなほかたるかな
君さらに笑みてものいふ御頬《みほ》の上にながるる涙そのままにして
みな人にそむきてひとりわれ行かむわが悲しみはひとにゆるさむ
富士よゆるせこよひは何のゆゑもなう涙はてなし汝《なれ》をあふぎて
夕されば虚《うろ》の御そらにゆめのごと雲はうまれて富士恋ひてゆく
半空に白を点じて富士のねの初雪する日日はあをみたり
雲晴れて凪《ママ》おさまれば片ぞらに先づ見る富士の白玲瓏を
雲らみな東のうみに吹きよせて富士に凪冴ゆ夕映《ゆふばえ》のそら

雲はいまふじの高ねをはなれたり裾野の草に立つ野分かな
しののめの薔薇いろ匂ふ雲のうみのうへなる富士の白芙蓉かな
赤々と富士火を上げよ日光の冷えゆく秋の沈黙のそらに
富士まづ燃えついでよろづの山々もみな火を上げよ青うみのうへ

（注19）「はくてふ」のルビについては佐佐木幸綱が次のように指摘したことがある。「雑誌に出たときに『はくてふ』と振り仮名をふってあるのは、振り仮名つきの漢字活字があったからです。普通は植字工が『白鳥』という活字を入れて、横に振り仮名の小さな活字をひろって『しらとり』とか『はくてふ』とか入れる。それが最初から『白鳥』と『はくてふ』がセットになっている活字があったんですね。総ルビに便利なように、です。漢字には全部ルビがふってあるという活字があった。これもそうじゃないかと思います」（「第九回若山牧水顕彰全国大会記録集」の鼎談記録から）

（注20）「風凪ぎぬ」の全作品を引いておく。

〔風凪ぎぬ〕
君なりきいな異なりきなにといふ可笑しき夢を見る夜ごろぞも
凪ぎし日の昼すぎなりきわれ椅子にありてまた見ぬよべの夢の人
わだの原の青なみだちて秋の風木立に来る星天《そら》に降る
秋の風木立にすさぶ木のなかの家の灯かげにわが脈はうつ
つとわれら黙《もだ》しぬ灯かげ黒髪のみどりは匂ふ風すぎてゆく
われらややに頭《かうべ》をたれぬ胸ふたつ何をかおもふ夜風遠く吹く
胸しづかに糸ひきそめぬ秋の夜を風遠くゆき消えはつるとき
風消えぬ吾《あ》もほほゑみぬ小夜の風聴きつつ君のほほゑむを見て
などこよひ言葉すくなき窓の外の樹に棲む風を君聴きながら
つと過ぎぬすぎて声なしよるの風いまか静かに木の葉ちるらむ

凩凪ぎぬ労れて木々の凪ぎしづむ夜を見よ少女さびしからずや
凩なぎぬ松と落葉の樹も叢《むら》のなかなるわが家いざ君よねむ

（注21）大悟法利雄は『若山牧水新研究』に次のように書いている。「小枝子と恋愛に陥った当時、牧水は彼女の齢《とし》さえまったく知らず、初めて知ったのは節分の夜の豆撒きの時だったというのである。それは小枝子の下宿だったというが、豆撒きのあとではその撒かれた豆を自分の齢《とし》の数だけ拾って食べるという昔からの習慣がある。それでその時、牧水も小枝子もその習慣通りにそれぞれの齢の数だけの豆を拾ったわけだが、彼女の手にした豆を何気なしに数えた牧水ははっとした。彼の拾った豆よりも一つだけ数が多かったのである。／追儺《ついな》の豆撒きといえば立春の前夜だから、二月の初めである。とすれば、前年の明治四十年ではまだ小枝子は上京していなかったろうと思われるし、よしや上京していたとしても、まだそういう親しい関係になっていたはずはなく、また翌四十二年ではもうおそ過ぎるから、これは明治四十一年の節分だと断定してよかろう」。

（注22）「われ」の全作品を引いておく。

数あまた根なしのほのほ飛火してむねを焼くなり哀音の鐘
悲し悲しなにかかなしきそは知らず人よなに笑むわがかたを見て
わがむねのそこの悲しみ誰知らむただ高笑ひ空《くう》なるを聴け
悲しみよいでわれを刺せ汝がままにわれ刺しもえばいで千々に刺せ
われ敢て手もうごかさず寂然《じゃくねん》とよこたはりゐむ燃えよかなしみ
かなしみはしめれる炎声も無うぢぢと身を焼く焼き果てはせで
雲見れば雲に木見れば木に草にあな悲しみの水の火は燃ゆ
ああ悲しみ迫ればむねは地は天《そら》は一いろに透く何等影無し
泣き果ててまた泣きもえぬ瞳《め》の闇の重さよせちに火のみだれ喚ぶ
かなしみは死にゆきただち神にゆきただひとすぢに久遠《くをん》に走る

掟てられて人てふものの為すべきをなしつつあるに何のもだえぞ
なれなれていつわ《ママ》り来にしわが影を美しみつつ今日をつぐかな
あれ行くよなにの悲しみ何の悔《ママ》ひ犬にあるべき尾をふりて行く
むしろわれけものをねがふ思ふまま地の上這ひ得るちからをねがふ
天《そら》の日にむかひて立つにたへがたしいつはりにのみみち満つる胸
母の身ゆうまれいでにしたまゆらのわがけだかさを日のなかに見る
われ生《あ》れしまへにありにしわれといふもののありせば日の光《かげ》に似む
われ死なばねがはくあとに一点のかげもとどめで日にいたりてむ
われ忘れてただ日を見れば一道《いちだう》の久遠見ゆなりただたまゆらに
地のうへに生けるものみな地にはてよわれただひとり日をあふぎ見む
地をふめど踏むとも知らず天見れどみるとも知らずわれいづち行く
もの見れば焼かむとぞおもふもの見れば消《け》なむとぞおもふ弱き性《さが》かな
おどおどとむねこそおど《ママ》れ何ものを追ふとも知らず追はるとも知らず
樹を斜《はす》にかの高ぞらを雲わたる樹蔭のわれを知るや知らずや
天《そら》あふぎ雲を見ぬ日は胸ひろししかはあれどもさびしからずや
ただ一路風瓢《ママ》としてそらをゆくちひさき雲ら波だちてゆく
日のひかり水のひかりの一いろに濁れる夕《ゆふ》べ大利根わたる
秋利根の岸にわれ立つ落日は水にながれてわがむねを刺す
汪洋と濁れる水のひたながれ流るるを見て眼をひらき得ず
大河よ無限にはしれ秋の日の照る国ばらを海避けて行け

（注23）「われ歌をうたへり」の全作品を引いておく。冒頭の一首は第一歌集『海の声』の巻頭歌となった。

［われ歌をうたへり］

われ歌をうたへりけふも故わかぬ悲しみどもにうち追はれつつ
蒼穹《おほぞら》の雲はもながるわだつみのうしほは流るわれ茫と立つ
鍬を上げまた鍬おろしこつこつと秋の地を掘る農人どもよ
君のまへにわれは生くなり君のまへにわれはなきなり御こころのまま
春の海の静けさ棲めり君とわがとる手のなかに灯の街を行く
街の声うしろになごむわれらいま潮さす河の春の夜を見る
山かげの闇に吸はれてわが船はみなとに入りぬ汽笛《ふえ(ママ)》長う鳴く
みなとぐち夜の山そびゆわが船のちひさなるかな沖さして行く
凬ひたと落ちて真鉄《まがね》の青空ゆ星ふりそめぬつかれし海に
かたかたとかたき音して秋更けし沖の青なみ帆のしたにうつ
いづくにか少女泣くらむその眸《まみ》のうれひ湛え《ママ》て春の海凪ぐ
手をとりてわれらは立てり春の日のみどりの海の無限の岸に
海なつかし君等みどりのこのそこにともに来ずやといふに似て凪ぐ
うす雲はしづかに流れ日のひかり鈍める白昼《ひる》の海の労れよ
海の声そらにまよへり春の日のその声のなかに白鳥の浮く
白き鳥ちからなげにも春の日の海をかけれり何おもふ君
常磐樹の青の一葉の静けさにうみはねむれりわがひとみ燃ゆ
春の海はづかにふるふ額伏して泣く夜のさまの誰が髪に似る
わがこころ海に吸はれぬ海すひぬそのたたかひに瞳《め》は燃ゆるかな
幾千の白羽ぞみだるあさ凬にみどりの海へ日の大ぞらへ
星くづの一つ一つにわが耳に満ちてひびけり春の夜のうみ
われ海の涯《はて》なき闇に松明《たいまつ》を投ぜむいかに潮にほふらむ
春のそら白鳥まへり觜紅《はしあか》しつひ《ママ》ばみてみよ海のみどりを

うみ青し青一しづく日の瞳《まみ》に点じて春のそら匂はせむ
わが若き双のひとみは八百潮のみどり直吸《ひたす》ひ尚ほ飽かず燃ゆ
天地に一の花咲くくちびるを君と吸ふなりわだつみのうへ
君笑めば海はにほへり春の日の八百潮どもはうちひそみつつ
御ひとみは海にむかへり相むかふわれは夢かも御ひとみを見る
春の海のみどりうるみぬあめつちに君が髪の香満ちわたる見ゆ
しとしとと潮の匂ひのしたたれり君くろ髪に海の瓊《に》をさす

（注24）［海よ人よ］の全作品を引いておく。

［海よ人よ］

大ぞらの神よいましがいとし児の二人恋して歌うたふ見よ
海哀《かな》し山またかなし酔ひ痴れし恋のひとみにあめつちもなし
君を得ぬいよいよ海の涯《はて》なきに白帆を上げぬ何のなみだぞ
山ねむる山のふもとに海ねむるかなしき恋の落人の国
安房の国海にうかべり君とわれ棲みてねむるによき春の国
わだつみの白昼《ひる》のうしほの濃みどりに額《ぬか》うちひたし君恋ひ泣かむ
声あげてわれ泣く海の濃みどりの底に声ゆけつれなき耳に
蒼ざめし額《ひたひ》にせまるわだつみのみどりの針に似たる匂ひよ
春や白昼日はうららかに額《ぬか》にさす涙ながして海あふぐ子の
誰ぞ誰ぞ誰ぞわがこころ鼓《う》つ春の日の更けゆく海の琴にあはせて
忍びかに白鳥啼けりあまりにも凪ぎはてし海を怨ずるがごと
海青しその青かるがひたぶるに荒ぶを見つつ紅《あか》む御頬よ
無限また不断の変化《へんげ》持つ海におどろきしかや可愛ゆをみなよ
春の潮しづかにゆけりわがこころしづかに泣けり何をおもふや

春の海さして船ゆく山かげの荒れしみなとに昼の鐘鳴る
白昼《ひる》さびし木の間に海のひかる見て真白き君が額の愁ひよ
ひもすがら断えなく窓に海ひびく何につかれて君われに倚る
みじろがでわが手にねむれあめつちになにごともなし何の事なし
くちづけは長かりしかなあめつちにかへり来てまた黒髪を見る
日は海に落ちゆく君よいかなれば斯くはかなしきいざや祈らむ
伏目して君は海見る夕闇のうす青の香に髪の濡れずや
夕海に鳥啼く闇のかなしきにわれら手とりぬあはれまた啼く
夕やみの磯に火を焚く海にまよふかなしみどもよいざよりて来よ
海明り天《そら》にえ行かず陸に来ず闇のそこひに青うふるへり
夜半の海汝はよく知るや魂一つここに生きゐて汝が声を聴く
海光る疾風《はやて》凪ぎぬる片ぞらにつかれて白き日輪のはな
柑子やや夏に倦みぬるうすいろに海は濁りぬ夕あらし凪ぐ
海荒れて大ぞらの日はすさみたり海女《あま》巌かげに何の貝とる
わがまへに海よこたはり日に光るこの倦みし胸何にお《ママ》ののく
暴風雨《しけ》あとの磯に日は冴ゆなにものに驚かされて犬長う鳴く
大河はうす黄に濁り音もなう潮満つる海の朝凪に入る
眼をとぢつ君樹によりて海を聴くその遠き音になにのひそむや
松透きて海見ゆる窓のまひる日にやすらに睡る人の髪吸ふ
音ぞまよふ照る日の海に中ぞらにこころねむれる君が乳《ち》の辺《へ》に
山を見よ山に日は照る海を見よ海に日は照るいざ唇《くち》を君
接吻《くちづ》くるわれらがまへに涯もなう海ひらけたり神よいづこに
ああ接吻海そのままに日は行かず鳥翔《ま》ひながら死《う》せ果てよいま

わが恋は彼のごとひろし君もまた斯く深かれな海にちかはむ
ふと袖に見いでし人の落髪を唇にあてつつ朝の海見る
ともすれば君口無しになりたまふ海な眺めそ海にとられむ
君かりにかのわだつみに思はれて言ひよられなばいかにしたまふ
こよひまた死ぬべきわれかぬれ髪のかげなる眸《まみ》の満干る海に
あらら可愛し君といだきて思ふことといふことなきにこの涙見よ
ただ許せふとして君を飽きたらず憎む日あれどいま斯くてあり
君よなどさは愁れたげの瞳して我がひとみ見るわれに死ねとや
短かりし一夜なりしか長かりし一夜なりしか先づ君よいへ

Ⅲ　若き日の牧水の自然と「かなしみ」

一

若き日の牧水と自然を論じるにあたって、先ず自然という言葉に触れておきたい。周知のごとく、明治時代以前は今日使われているような意味で自然という言葉は使われていなかった。そのことを論じている文章がいくつかあるが、手もとにある二冊から引いてみよう。一冊は舟橋豊著『古代日本人の自然観』（審美社）である。日本人の自然観の根底を探るこの本の冒頭で著者は言う。

……依るべき規範としての、そして時には限りなく神に近い「自然」あるいは「造化」の妙に対して、古来日本人が宗教的なまでの讃美や畏敬の念を持っていたことは誰もが認める事実であるが、そうであるだけにいっそう不思議で驚くべきことは、日本人が古代から近代に至るまで、このような自然の観念を端的に言い表わす「自然」ということばをもっていなかったということである。これは一体どういうことなのであろうか。「自然」はむろん古い漢語であるが、この術語は、今日われわれが意味している自然を表現するために決して使われなかった。とすれば、彼らは彼らが畏敬・讃美してやまない「自然」をどんな和語で表示したのか。

興味深い問いである。舟橋豊は「もの」という和語に着目する。霊気を宿しているところの「もの」であり、次のように述べている。

一般的に言えば、花鳥風月に代表されるような、自然界の「もの」とは、古代人にとって単なる物体ではなくて、霊気を内在させていて、これに接する人間の心（魂）に何らかの作用・影響を及ぼし、特定の条件のもとでは、霊と魂との呼応によって歓喜や悲哀、至福や恐怖などの感情を惹き起こすはずのものであった。

「ものの気」「もののあはれ」というときの「もの」である。そして、著者は「もの」を産み出す生成原理として「ムスヒ」「ムスヒの神」についてさらに述べ、自然という言葉こそ使わなかったが、古くから日本人が独自な自然の観念を持っていたことを説明するのである。

舟橋豊が古代の自然観を探ったのに対し、相良亨著『誠実と日本人』（ぺりかん社）は自然という言葉が近世から明治にかけてどう用いられたかを詳しく検証している。

……まず、「おのずからの」「おのずからに」の意味での「自然の」「自然に」は昔から日本で使われており、NATURAL・NATURALLYの訳語としてもこの「自然の」「自然に」は早くから用いられていたということである。しかし、また「自然観」のような内容で「自然」を名詞として用いることは、明治以前においてはほとんどなく、以後においても、その用法が一般化し、またNATUREの訳語として定着したのは、二十年代の後半から三十年代に入ってからであるということである。(注1)

ここまでは多くの人が言っているが、相良亨の次の指摘がきわめて重要である。

「おのずから」の意味で使われた自然が天地などにかわって用いられることになったことは、日本の思想史上の一つの事件であるが、元来「おのずから」の意味をもち、形容詞・副詞として用いられていた自然によって、かつて天地等々と呼んでいたものを指すことになったということは、現代日本人の、したがって日本人の、「自然観」のあり方を大きく反映するものである。元来は「おのずから」の意味であった自然という言葉で表現できるような「自然観」をわれわれはもっている、少なくとも、つい最近まではもっていたということになる。

われわれの「自然観」そのものが、「おのずから」の意味の自然という言葉をNATUREの訳語の名詞として成り立たせ、数ある訳語の中で広まっていったというのである。そして、相良亨は続いて、「おのずから」という意味をもつ自然を、その思想表現の用語としてしきりに用いた山鹿素行を取り上げ、その自然がいかなる意味をもっていたかを考察している。

素行は「已むことを得ざる」（不得已）の言葉を自然と連関して使っているという。例えば「天地の成ること造作安排を待たず、ただ已むことを得ざるの自然なり」のように。したがって、「素行がその内にいる天地は、まさに生々の運動において存在するのである。素行はこの天地の自己生々、自己存在の運動のあり方を『已むことを得ざる』と捉えていたのである。『自然』というのも、この運動の必然性としての『おのずから』である」と。そしてさらに、「天地自然」「天地の自然」という表現が多くあることから、自然の主語として天地が考えられていたと言い、その「天地は何ものかによって創られたものではなく、絶対的に存在するものなのである」と説明している。(注2)

詳しくは本書を見ていただきたいが、次のような一節を紹介の最後にぜひ引いておこう。

ここまでみてくると、「天地の自然」と素行が言う時の考え方の実質がわかってきたような気がする。それは、「天地」という確たる実体があって、その已むを得ざる運動というのではなく、「天地」自体が、実は、已むを得ざる自然の運動と、その運動がそこにおいて行なわれ、またその運動においてさらに生々されてゆく万物の総体であったのである。（中略）

簡単にいえば、「天地の自然」の主語がおちて、「自然」が「天地」を意味することになるような「天地」観を素行自身が持っていたのである。素行に端的に示されたこの思想の体質が、「天地」から「自然」への移行を可能ならしめたのである。（中略）

一口に言えば、主語が落ちて、その運動を形容する言葉であった「自然」が、その主語にとってかわったという歴史的背景は、われわれの新たなる「自然」概念の内容を有力に性格づけるものとなる。まず、「自然」をもって天地を捉えることは、運動と運動によってなる人・物（勢と形）をもって天地を捉えることで、ここには、この運動をこえる運動の主語が欠落している。「自然」は、個々の人・物・また人・物の総体、しかしてかかる人・物を生々する運動である。運動は人・物の背後に、また人・物において、その形而上学的な広がりとして捉えられる。だから、かかる「自然観」においては、究極的なものは無限定的である。主語が落ちると言ったが、それは、主語が、人・物において、人・物の背後の無限定的な刑而上的な何ものかとして捉えられるということである。人・物とその無限定的な背後の広がり、それが「自然」である。

相良亨の論はさらに展開され、形而上学のみならず倫理へと展開されていく。右の引用文の「天地」観、「自然」観を読むと牧水の「天地」観、「自然」観と重なるところがある。そのことは以下で触れたいと思う。

二

牧水は明治十八年に日向の山村の坪谷に生れた。三百戸足らずの家が散在していたという。「おもひでの記」の「坪谷村」には次のように書かれている。「私の生れた村、詳しく云へば日向《ひうが》国宮崎県東臼杵郡東郷村大字坪谷村《つぼやむら》は山と山との間に挟まれた細長い峡谷である。ことに南には附近第一の高山である尾鈴山がけわしい断崖面を露《あら》はして眼上《まうへ》に聳えてゐるので、一層峡谷らしい感じを与へて居る」「家は村を貫通する唯一の道路に沿ひ、真下に渓に臨んで居る。そして恰度その渓は其処まで長い滝の様になつて落ちて来た長い長い瀬が、急に其処で屈折して居るために其処だけ豊かな淵となり、やがてまた瀬となつて下り走り、斜め右と左とに末遠くその上下の渓を展望する事が出来る地位にある」。今日流に言えば、豊かな自然の村ということになる。そして、この村の山や川を幼少期の牧水が思いきり楽しんで育ったことは、「おもひでの記」の「遊戯（その一）」「遊戯（その二）」などの文章に明らかである。

この「おもひでの記」は三十四歳の時に執筆している。つまり二十数年前を思い出して書いたものである。しかし、豊かな自然の村でのいわゆる自然体験も多く記しているこの文章で、自然の語が使われているのは一個所のみである。

この村に限らず日向といふ国はその天然の状態から一切周囲の文明に隔離してゐたのであ

る。東南一帯は太平洋で、その洋岸は極めて硬直で更に港らしい港を持たず、西北には重畳した高山の一帯が連亙して全く他との交通を断つてゐた。自然遙かに離れた孤島の様な静寂を保たざるを得なかつたのである。（傍点は伊藤）

「おもひでの記」で唯一使われた自然の語は、伝統的な「おのずから」の意味であることは明瞭である。山、渓、川などの語は幾度も使われている。しかし、それらを概括する自然の語は見られない。後には牧水も自然の語を使うものの明治二十年代の山村の体験を語るのに、近代的な自然という言葉は避けられている。近代的な自然という言葉を知る前の体験であるから当然と言えば当然であるが、実感を大事に文章を書いた牧水ならではである。（なお、右の文章に天然の語が使われている。言うまでもなく人為の加わっていないという意味であり、今日なら自然と言いかえられなくもない）

牧水は坪谷尋常小学校を卒業すると、延岡で八年間を過す。延岡高等小学校、延岡中学校の八年間である。その延岡中学校の時代の明治三十五年一月から三十七年三月までの日記が残っている。中学三年の一月から卒業の春の三月までである。山村の坪谷で山や川を楽しんだ牧水だが、県北の城下町の延岡時代も変わらず楽しんでいる。特に五ヶ瀬川、北川、祝子《ほうり》川、大瀬川の流れる延岡は水郷であるところから、川や海で遊んでいる。帰郷して坪谷の山や川に再会した場面も含めて、日記から抜粋してみる。

A　（春休みに帰郷）尾鈴ノ山、坪谷ノ谷、霞ノ衣ヲ飜シシテ吾レヲ迎フ、アハレ山ヨ谷ヨ、希クバ吾レニ好伴侶タルヲ許セ、翌ヨリハ、汝ヲ師トシ、友トシ、天然ノ美ニ酔ヒ、天然ノ美ヲ謳ハムカナ。（明治三十五年三月二十六日）

B　日高園君ヲ誘ツテ（延岡の）長浜ヲ散歩ス、浪天ヲツキ音地軸ヲ動カス、水泳ノ趣味真ニ此時‼（同年五月四日）

C　（延岡の）行縢《むかばき》登山、快‼快‼（同年五月十八日）

D　一葉ノ扁舟ニ乗ジテ五ケ瀬川ヲ下リ、東海港ニ至リ、諸所ヲ漕ギメグリ、帰路ニツク。（同年六月一日）

E　水源探嶮ヲ挙行ス、滝ノ上ノ樹及ビ石ニ記念ヲ止メ置キタリ。（同年六月八日）

F　釣道具買ヒニ赴キ、ソレヨリ用意ヲトトノヘテ大貫井手へ出懸ケシニ、可ナリノ漁アリキ。（同年六月十六日）

G　（夏休みで帰郷）今日始メテ父ト鮎ヲ釣ル、半日ノ得物二十四疋。（同年七月二十四日）

H　鮎懸ケニ行キテ、鳥ノ淵ノ上ニテ、西村ノ中野氏ノ子息水ニ流レツツアルヲ認メテ走ツテ之ヲ助ク、幸ニ死ヲ免カレタリ。（同年八月八日）

I　（延岡の）稲荷山辺へ散歩ス、十六夜ノ月、日向洋上ニ踊ツテ、見ルモノ全テ美ナラザルナク快ナラザルナシ。（同年九月十七日）

J　（延岡の）東海ノ磯ヲ馳ケ廻ル、浪天ニ柱ス?!トハ今日ノコトナラン。種々ノ貝類ヲ焼テ

喰フ。（同年十月五日）

中学四年の明治三十五年分を引いてみた。Ａの言葉を借りれば、山や川を「好伴侶」「師」「友」とし、「天然ノ美ニ酔ヒ」という感じである。だが、天然という言葉はこのように使われていても、自然という言葉はこの年の日記に一度も出てこない。

続く明治三十六年の日記を見ても、山や川を引き続き楽しんでいるが、やはり自然という言葉は使われていない。ただ、次のような表現がある。

Ｋ　故山の風色、いつ見ても憎からず、況して今や春、春の山点々紅白を彩つて、百鳥ノさへづり、いといと快うも聞きなされつ。（明治三十六年三月二十二日）

Ｌ　舟ニテ東海に上リ、軽装シテ磯ニ到ル。景色イツ見テモ佳シ。今日ハ案外ニ獲物多シ。あわび少々、さざえ三十程、章魚二尾。章魚ヲ捕ヘテ大々的活動ヲ演ジキ。（同年四月十二日）

Ｍ　愈々、行縢ノ登山を挙グ。（中略）村ヲ出デテ森ニ入リ、神社に詣ウデ、転ジテ滝ニ向フ。道漸ク嶮ヲ加へ、風光亦夕驚クニ耐ヘタリ矣ノ事ハ例ノ如クナレバ云ハズモガナ。（同年五月三日）

「風色」「景色」「風光」の語が使われている。いずれも自然の風景の意味であるが、自然という言葉は使われていない。

牧水が自然という言葉を今日の意味で用いたのは明治三十七年になってである。

Ｎ（延岡の）平原の浜へ、松原を通して行きぬ。佳いかな海、よいかな松、よいかな雲、自然の美しさに魅せられてか、四五年ぶりの角力といふものとつて見たり、競争、逆立、貝拾ひ、皆とりどりに快絶。（明治三十七年一月三十日）

一月三十日といえばまだ真冬だが、さすが南国の暖かい冬の一日である。この日に雲雀の初声を聞いたという記述もある。そんなよい気分の中で海や松を見て「自然の美しさに魅せられて」と表現している。この日記を書いた一月から二月にかけて牧水が書いた短篇小説「秋くさ」（「延岡中学校友会雑誌」明治三十七年三月）にやはり自然という言葉が使われている。その一節を引く。

澄み切つて高い秋の空の眼もはるかに、西は夕映の下ごしらへ美しう、見渡す限り野辺は千草の色面白く、薄尾花が舞の袂をゆりてかくるる鶉の音《ね》の乱れに通ふ水のせせらぎかすかに、げにも心憎き景色やと僕は学校からの帰り路、いつものやうに自然の美に酔はされてうつつなく秋の野路を辿つてゐたのである。

日記の場合は「自然の美しさ」、小説の場合は「自然の美」と、自然という言葉が「美しさ」「美」の言葉とセットになって使われているのが特色である。好ましく、讃えるべきものとしての自然である。相良亭は明治二十年代の後半から三十年代に入って自然の語が定着したと記していたが、他の作家などの場合も同様だろうか。

牧水が自然観の上で大きな影響を受けた作家の一人に国木田独歩がいる。独歩の『武蔵野』は愛読書だった。明治三十一年執筆の『武蔵野』は言うまでもなく武蔵野の自然を観察し描写しているのだが、自然という言葉は二個所に出てくるだけである。

山家の時雨は我国でも和歌の題にまでなつてゐるが、広い、広い、野末から野末へと村を越え、村を越え、田を横ぎり、また村を越えて、しのびやかに通り過《ゆ》く時雨の音の如何にも幽《しづ》かで、また鷹揚な趣きがあつて、優しく懐《ゆか》しいのは、実に武蔵野の時雨の特色であらう。（中略）秋の中ごろから冬の初、試みに中野あたり、あるいは渋谷、世田ヶ谷、または小金井の奥の林を訪うて、暫く座て散歩の疲を休めて見よ。これらの物音、忽ち起り、忽ち止み、次第に近づき、次第に遠ざかり、頭上の木の葉風なきに落ちて微かな音をし、それも止んだ時、自然の静粛を感じ、永遠《エタルニテー》の呼吸身に迫るを覚ゆるであらう。

一個所だけ引いた。「自然の静粛」と言い「永遠《エタルニテー》の呼吸」につながっている。今日のわれわれには『武蔵野』に自然という言葉がもっと多く使われていて当然のように思えるが、当時はまだNATUREの訳語としてさほど耳慣れていない感じだったのだろうか。ただ、「永遠」にはエタルニテーの振り仮名があるが、「自然」にはネイチャーのそれはない。

牧水が独歩の『武蔵野』を片手にして武蔵野に行き記した「武蔵野」の小品がある。「延岡中学校友会雑誌」に明治三十九年三月に発表した随想で、牧水は早稲田の二年生である。常緑の照葉樹林の山国で育った牧水にとって武蔵野の落葉樹林が新鮮な感動だったことを書いている。たとえば「実にこの杜こそは武蔵野の眉である。美しい涼しい瞳である。森などと云へばすぐ早合点して老杉古松参差として枝を交へなんて小学校の作文によく書いたものだ。が、ここの杜はそれでない。落葉類とでも云ふのか春芽を出して秋葉を落し夏は茂りて冬枯れ果つる木立から成り立つさほど大きくはない」と。しかし、この「武蔵野」の中で牧水は自然という言葉を一度も使っていない。「天地」「乾坤」「万象」などの言葉は見い出せるけれども。

三

牧水の第一歌集『海の声』は明治四十一年七月に出版された。早稲田を卒業した直後で、七百部の自費出版である。明治四十一年五月の日付をもつ自序によれば、「明治三十九年あたりの作より今日に至るまでのもの四百幾十首」で、章も題もなく四百七十五首が並べられている。

牧水の短歌のキーワードの一つに「かなし」がある。この第一歌集において「かなし」の語が多く出てくる。数えてみると三十六首あり、全体の七・五パーセント。表記は四種類である。多い順に記すと、次のようになる。

悲し　　一七首

かなし　　一一首
哀し　　　七首
悲哀《かなしみ》　　二首

※一首の中に「かなし」と「哀し」が使われている作があるので、合計は三十七首になっている。

牧水の歌を見る前に、「かなし」の語のそもそもの意味を確認しておこう。『岩波古語辞典』には「自分の力ではとても及ばないと感じる切なさをいう語」と先ず説明があり、いくつかの意味が示されている。主たる三つの意味の説明を引く。「①どうしようもないほど切なく、いとしい。かわいくてならぬ」「②痛切である。何ともせつない」「③ひどくつらい」。現代では、②と③の意味で「かなし」を感じる人が多いが、①の意味があることに留意しておきたい。小学館の『日本国語大辞典』には「対象への真情が痛切にせまってはげしく心が揺さぶられるさまを広く表現する。悲哀にも愛憐にもいう」と説明されている。「悲哀にも愛憐にも」のところがポイントである。そして、具体的には「①死、離別など、人の願いにそむくような事態に直面して心が強くいたむ。なげかわしい。いたましい」「②男女、親子などの間での切ない愛情を表わす。身にしみていとおしい。かわいくてたまらない。いとしい」「③関心や興味を深くそそられて、感慨を催す。心にしみて感ずる。しみじみと心を打たれる」と説明されている。

牧水の「かなし」の歌では先ず次のような歌に注目したい。

われ歌をうたへりけふも故わかぬかなしみどもにうち追はれつつ
夕やみの磯に火を焚く海にまよふかなしみどもよいざよりて来よ
悲哀《かなしみ》よいでわれを刺せ汝《な》がままにわれ刺しも得ばいで千々に刺せ

「かなしみ」と言うと普通は自分の「かなしみ」であり、自分と「かなしみ」とは同一視される。しかし、牧水の場合、人の複数を表わす接尾語「ども」を付けて「かなしみども」と歌っている。「自分の力ではとても及ばない」外なる存在として「かなしみ」を捉えている。それは山鹿素行の言う「天地の自然」の「已むことを得ざる」運動を牧水なりに「かなしみ」と表現したとも言えよう。一首目はそんな「かなしみども」に激しく追われるので歌をうたうという。二首目は「かなしみども」にさあ寄ってこい、かかってこいと挑むように歌っている。三首目は「かなしみ」にむかって「汝《な》」と呼びかけ、自分を「千々に刺せ」と歌っている。牧水が自分の意志と力を超えた「かなしみ」を強く感じ、その「かなしみ」と愛憎まじるアンビバレントな争闘を繰り返していたことが想像される作品だ。「かなしみども」が襲ってくる理由は牧水にも分からない。「故わかぬ」「かなしみども」なのである。「悲し悲し何かかなしきそは知らず人よ何笑むわがかたを見て」の作も別にある。もちろん、「かなし」の背景に恋愛があることは牧水の読者はとうに知っている。だが、恋愛はあくまで切っ掛け、或いは背景であって、恋愛を通してぶつかった、より根源的な「かなしみ」が存在していたに違いない。

右の、外なる存在としての「かなしみども」でなく、内なる自分の「かなしみ」が当然歌われる。三首引いてみる。

真昼日のひかり青きに燃えさかる炎《ほのお》か哀《かな》しわが若さ燃ゆ《ママ》
みな人にそむきてひとりわれゆかむわが悲しみはひとにゆるさじ
ああ悲哀《かなしみ》せまれば胸は地はそらは一色《ひといろ》に透く何等影無し

一首目、「わが若さ」のように「燃えさかる炎」を「哀し」と歌っている。自らの生命力の切ないほどの充溢に対するオマージュが「哀し」なのだ。二首目、そんな「悲しみ」を決して手離さず大切に持ち続けることが自分の人生を生きることだという覚悟の歌であろう。三首目、「悲哀」こそが世界を明澄な存在として見せてくれるという歌に違いない。この三首に見られるのは、自らの生命《いのち》の根源としての「かなしみ」である。

「かなしみ」というと、一般に人は持たない方がいいと考える。否定的評価である。だが、牧水は生命の根源、存在の根拠としての「かなしみ」を考えていた。そこに牧水の文学の特色があった。自恃をもって「かなしみ」を捉えていた。

ただ、牧水の「かなしみ」は強く豊かで、質も量もすさまじかったと言える。先に引いた「かなしみども」の作がその証左である。自恃を抱かせてくれる「かなしみ」も、時には正体不明のモンスターのごとく暴れ出し、逆に自己を破壊する危機に陥れる。それでこそ言葉の原義の「自分の力ではとても及ばないと感じる切なさ」（『岩波古語辞典』）の「かなしみ」なのだが、その時に牧水は意識無意識のうちに「かなしみ」を外在化せずにいられなかったのである。外在化することで耐えようとした。「かなしみども」の歌はそのように理解できる。

白鳥《しらとり》は哀《かな》しからずや空の青海のあをにも染まずただよふ

『海の声』の有名なこの一首、「かなしみ」を周囲のブルーに外在化しない白鳥の切なさを歌った作であり、牧水は憧れるように鳥の白い姿をしみじみと眺めている。有名な歌と言えば、次の一首も『海の声』にある。

幾山河越えさり行かば寂しさの終《は》てなむ国ぞ今日《けふ》も旅ゆく

「哀し」でなく「寂し」である。『海の声』に「寂し」「淋し」「さびし」の語を用いた歌が十九首ある。たとえば「われ寂し火を噴く山に一瞬のけむり断えにし秋の日に似て」「天あふぎ雲を見ぬ日は胸ひろししかはあれども淋しからずや」といった作である。やや図式的な言い方を許してもらえれば、生命の根源、存在の根拠としての「かなしみ」の涸渇を深々と感じる時が「さびし」であろうか。「寂しさの終て」る国が決してないという想いは、その意味で一生豊かな「かなしみ」を持ち続けて生きたいという願いのあらわれである。（注3）

四

では、牧水は「かなしみ」をもって自然とどのように対したか。『海の声』の作品に見られる自然観に触れてみたい。

初めに、海に対する感じ方、捉え方についてである。書名にも「海」の字が入っており、タイトル通りに海の歌がじつに多い。冒頭七十六首は主に海の歌が続く。そのように牧水は歌集を構成している。

よく知られているように、山国の坪谷に生れ育った牧水にとって、海は強い憧れの対象だった。「おもひでの記」の「海」の一篇は余すことなくそのことを語っている。そして、延岡の中学生時代は海に親しみ、早稲田時代は東京との往復に船旅を楽しんだ。したがって恋人の園田小枝子との初めての旅の目的地に千葉県の根本海岸を選んだのも当然だった。

冒頭七十六首は、前半二十七首と後半四十九首に分かれている（二十八首目に「以下四十九首安房にて」の詞書がある）。前半は狂おしく恋人をひとり慕っている作がもっぱらで、後半は恋人とともに濃密な時間を過している作である。前半から引く。

海を見て世にみなし児《ご》のわが性《さが》は涙わりなしほほゑみて泣く
海断えず嘆くか永久《とは》にさめやらぬ汝《なれ》みづからの夢をいだきて

夜半《よは》の海汝《な》はよく知るや魂一つここに生きゐて汝が声を聴く

わが胸ゆ海のこころにわが胸に海のこころゆあはれ糸鳴る

一首目、「世にみなし児のわが性」からは孤独感や孤立感を抱いているさまを思い描くことができるが、先の「みな人にそむきてひとりわれゆかむわが悲しみはひとにゆるさじ」と合わせて理解するのがいいだろう。そして、「世にみなし児のわが性」の次に「白鳥は哀しからずや空の青海のあをにも染まずただよふ」が配置されていることも大事な手がかりである。つまり、「かなしみ」を抱き、妥協せぬ生き方を貫こうとしている牧水はこの時、少年の日以来憧れてきた海を目の前にして激しく泣きわらいしている。「わりなし」とは道理にあわないという意味で、泣かなくてよいのに目からあふれる涙をそのように表現したのだ。海を見ながら、海と心が一つになり自分は「みなし児」でないのだという感動に襲われたことを歌ったのがこの一首である。少年時代に初めて美々津の海岸で海を見た時も牧水は感動した。しかし、あの時には持たなかった「かなしみ」が涙をあふれさせている。

二首目と三首目は「汝《なれ》」「汝《な》」の呼びかけで海を歌っているのが特色だ。牧水はそもそも、呼びかける歌人である。二人称を大事にした歌人であり、たとえば「やよ」の語の使用例が数多くある。(注4)それも人間や生き物だけではない。この場合の海がそうである。二首目は、海よ汝れも永久に夢を抱き続け、それゆえに嘆きのやまぬ「かなしみ」の存在かという親しみをもった問いかけである。単に自分の感情を投影したのではない。三首目は、海にむかい汝れの「かなしみ」の声は同じく「かなしみ」の魂を抱いている自分がしっかり聴いてやっているという歌である。海にすがるばかりかと思えば、反対に海の嘆きを聴いてやっている。自然との関わり方が一方向ではないのである。自分の声も聴いてもらうのだが、自然の声も聴くのである。

青の海そのひびき断ち一瞬《いっしゅん》の沈黙《しじま》を守れ日の声聴かむ
海の声山の声みな碧瑠璃《へきるり》の天《そら》に沈みて秋照る日なり
地《つち》ふめど草鞋《わらぢ》声なし山ざくら咲きなむとする山の静けさ

『海の声』において、「日の声」「山の声」が歌われている。三首目は、いつもは草鞋の声を聴いているのだが、この時ばかりは山ざくらがいま咲き出そうとする静けさなので声を出さなかったという歌である。この山ざくら、草鞋、牧水、の三者の関係もじつに面白い。先ほどの海の歌の四首目、「海のこころ」と「わが胸」とが繋がって共鳴しているのと同じである。相互に照応しあう関係が見てとれる。

前半からもう一首引こう。

海哀《かな》し山またかなし酔ひ痴れし恋のひとみにあめつちもなし

恋人と共にいる場面、一人でいる場面、の両方に解することができる。『海の声』『独り歌へる』の作品を中心に再構成した『別離』では根本海岸の一連に入れられており、初出でも「新声」明治四十一年二月号の「海よ人よ」四十六首という根本海岸の一連の中にある。だが、『海の声』の構成では、私の見るところ一人でいる場面の歌として置かれている。

上二句について、海を見て哀しい、山を見てまたかなしい、の解釈もなされているが（それは近代の「自我」に引きつけた解釈だ）、海は哀しい、山はかなしいとの解の方が『海の声』の読みにふさわしい。「かなしみ」を抱いているのは海そのものであり、山そのものなのだ。「白鳥は哀しからずや空の青海のあをにも染まずただよふ」の作でも哀しいのは「白鳥」であって、白鳥を見ている作者ではない。そして、海も山も「かなしい」ように、自分も恋の「かなしみ」にある。「あめつち」もないほどである、と。「あめつち」の語は『万葉集』で、すでに多く使われている。早くから『万葉集』に馴染んだ牧水には親しみのある語だったに違いない。右の用例の他に六首、「あめつち」の語の用いられた歌が『海の声』にある。

春の海のみどりうるみぬあめつちに君が髪の香満ちわたる見ゆ
くちづけは永かりしかなあめつちにかへり来てまた黒髪を見る
うつろなる秋のあめつち白日《はくじつ》のうつろの光ひたあふれつつ
くるくると天地《あめつち》めぐるよき顔も白の瓶子《へいし》も酔ひ舞へる身も
みじろがでわが手にねむれあめつちになにごともなし何の事なし
あめつちに乾びて一つわが唇も死して動かず君見ぬ十日

歌集の順番に引いた。四首目だけ漢字の「天地《あめつち》」で、これは単に上も下もなく目が舞うという意味の「天地《あめつち》めぐる」の酔いの歌で、ここで言う「あめつち」の歌とは別だ。

二首目の「あめつちにかへり来てまた黒髪を見る」は「あめつちもなし」と同類の発想である。恋とは「あめつち」と別の場所に行くこと、恋の国は「あめつち」の外にあるという発想である。ということは、牧水にとって恋愛は地上をこえた天上的なものとして考えられていたということになる。

一首目は、「君が髪の香」が「あめつち」に満ちわたるのが見えるという美しい歌だ。三首目は「うつろなるあめつち」、五首目は「なにごと」かが起り得る「あめつち」、六首目は唇が死んだように動かない「あめつち」。自然も世間も含めて牧水は世界全体を広く「あめつち」と呼んでいるように思える。

五

「四十九首安房にて」の作に触れる。明治四十年末から翌四十一年新春にかけて滞在し、小枝子と結ばれた時の作である。

ああ接吻《くちづけ》海そのままに日は行かず鳥翔《ま》ひながら死《う》せ果てよいま

山を見よ山に日は照る海を見よ海に日は照るいざ唇《くち》を君

有名な二首である。明治三十年代に与謝野晶子は『みだれ髪』において大胆な性愛の歌を発表したが、男性の側からの性愛の歌は『海の声』であろう。

一首目、大胆で真率な初句である。第二句以下、私は次のように読む。「海そのままに」とは海の輝きはそのままに、つまり海は海の輝く「かなしみ」のままに。同じく「日は行かず」は日の輝く「かなしみ」のままに。また同じく鳥は空を輝き飛翔する「かなしみ」のままに。言うまでもないことながら、その「かなしみ」は悲哀ではなく、生命《いのち》の根源、存在の根拠としてのそれである。海も日も鳥も自らの「かなしみ」のままであれ、自分も「かなしみ」の極みを味わい尽しているという内容がこの一首である。「死せ果てよいま」は視界から一切が消えてしまっているることの強調表現と理解していいのではないかと思う。そして消えてしまってはいるが、海と日と鳥の存在がなければ、逆に「ああ接吻」の歓喜はあり得ないのである。そんな自然とのジン・テーゼ的な関わりが見られてこの一首は興味深い。続く二首目はもう説明の要はあるまい。山の輝きという「かなしみ」、海の輝きという「かなしみ」に荘厳されての接吻を求め願う歌である。

「四十九首安房にて」の作品はさらに次のような歌を含んでいる。

ともすれば君口無しになりたまふ海な眺めそ海にとられむ

君かりにかのわだつみに思はれて言ひよられなばいかにしたまふ

憧れの対象であり、ともに「かなしみ」を抱く存在として親和関係であった海が、突然ライバルに感じられたのだ。歌集を読んでいて、じつに面白い構成であると思う。一首目、恋人が黙ってじっと海を見ていると、海にとられそうな気持に駆られて、思わず海をそんなに眺めるなと言ってしまったという歌である。そして二首目、「わだつみ」即ち海の神がもし言い寄ってきたとしたら、海の神と自分のどちらを選ぶかと彼女に切に問いかけている。

恋人に対する激しい愛が、海に対してすら嫉妬を抱かせたとも考えられる。しかし、海という自然を自分と同じく「かなしみ」を抱く、その意味で霊魂をもつ存在と捉える想いがなければ、いくら激しい愛があってもあり得ない表現であろう。そこで「わだつみ」の語がおのずから用いられているのである。なまなましく海の神をライバルとして意識しているのである。『海の声』には「わだつみ」の語の出てくる歌が他に五首ある。牧水は明治十八年生れで、日露戦争の戦後派という世代で、紛れなく近代の歌人なのだが、「わだつみ」を単に言葉としてでなく感受する心を持っていた。「接吻《くちづ》くるわれらがまへに涯《はて》もなう海ひらけたり神よいづこに」という作もある。結句の「神よいづこに」には今のわれわれには唐突で観念的な表現に思えて失敗と言いたくなる。だが、牧水にはリアリティが感じられていたのだ。(注5)

「四十九首安房にて」以後の作において、海以外の多くの自然が登場している。今は山桜の歌だけを引いておこう。山桜は言うまでもなく牧水が生涯で最も愛した花だった。少年の時の原体験がある。「尾鈴からその連山の一つ、七曲峠《ななまがりたうげ》といふに到る岩壁が、ちやうど私の家からは真正面に仰がれた。幾里かに亙《わた》つて押し聳えた岩山の在りとも見えぬ襞々にほのぼのとして咲きそむる山ざくらの花の淡紅色は、躍り易い少年の心にまつたく夢のやうな美しさで映つたものであつた」（「追憶と眼前の風景」）。

母恋しかかる夕べのふるさとの桜咲くらむ山の姿よ
春は来ぬ老いにし父の御《み》ひとみに白ううつらむ山ざくら花
水の音《ね》に似て啼く鳥よ山ざくら松にまじれる深山《みやま》の昼を
山越えて空わたりゆく遠鳴《とほなり》の風ある日なり山ざくら花

山桜の花を「かなしみ」をもって眺めた故郷を牧水は遠く離れた。四首目が象徴的である。第二句と第四句で切って読む。五七調のリズムである。山桜の花は故郷の山に別れを告げて風に乗り遠くへ飛んでいく。牧水は自分の姿を重ねていたかも知れない。

（注1）相良亨の同書によれば、明治六年の『英和字彙』には、NATUREの訳語として「天地」「万物」「宇宙」「品種」「本体」「自然」「天理」「性質」「造物者」を与えており、「自然」は多くの訳語の一つとして出ているという。また明治十四年の『哲学字彙』には、「本性」「資質」「天理」「造化」「宇宙」「洪鈞」「万有」という訳語のみで、「自然」は出てこないという。

（注2）相良亨は素行の次のような言葉を引いている。「天地は心なくして虚なり。天地の外、別に這《こ》の虚あるに非ず。天地本《も》と天地、虚中より生ずべきなし。若し虚中より生ずるの説を設けば、

天地未分以前這の虚なる底あらんや。尤も未だ得ざるの論なり」

（注3）牧水作品における「かなし」「さびし」の語については、白石良夫「『別離』再読序説」（平成六年「文学」第五巻第二号）に独自の論考がある。

（注4）「浪、浪、浪、沖に居《を》る波、岸の浪、やよ待てわれも山降りて行かむ」（『死か芸術か』）、「やよ窓に灯をともすなかれ、海はいま薔薇いろに暮る、やよわが黒船」（『みなかみ』）、「をさな日の澄めるこころを末かけて濁すとはすな子供等よやよ」（『黒松』）他がある。

（注5）牧水の『海の声』に見られる海を歌った作品について岡野弘彦が次のように指摘している。「何よりもこの歌集には、海に対する新しい憧憬の思いが、強烈に示されている。日本の和歌を中心とする千五百年の文学の伝統の上で、これほど海への情熱を若々しく自在に示した例は絶えて無かったのである。海洋国、日本の文学としては嘘のように思われるかもしれないが、日本文学史上のまぎれもない事実である」（「短歌」昭和六十年八月号「新しき憧憬の旅」）

Ⅳ　牧水における和語と漢語――『別離』を中心に

一

丸谷才一のエッセイは軽妙洒脱な語り口で、重要な問題を新鮮に提起する。「字音語考（注1）」を紹介したい。

まずこの文章の冒頭で、剣術の用語はたいてい「構へ」「足さばき」「素振り」のように和語で、野球用語は「内野」「投手」「安打」のように圧倒的に漢語「字音語」が多いという、中田祝夫の説を面白いといって取りあげている。漢語の多用は明治期以後であることの証左の一例である。この後の丸谷才一の指摘が重要である。

しかしわたしは感心のあまり、これ以外に和語の野球用語はないかしら、と探してみた。す

ると、当然のことながらまだいくつかありますね。たちまちのうちに、

打ち込み　横手投げ　下手投げ　決め球　振り逃げ　隠し球

などと心に浮んだ。このうち、前の四つはともかく、「振り逃げ」と「隠し球」はなかなか意味深長です。どちらもあまりパッとしない、見てくれのよくないものだから、漢語で言ふとぴつたりしないのである。漢語に言ひかへようとしても、どうもうまくいかない。「三振出塁」や「隠球《いんきゆう》」では感じが出ない。あの滑稽な、愛嬌のある趣が出ない。さう言へば、中田さんのあげたなかの「空振り」や「押出し」にしても、「空振《くうしん》」や「押出《おうしゆつ》」では、何となく変でせう。その何となくそぐはない感じを分析すれば、マイナス・イメージのものには和語が合ふ、その手のものに対しては字音語による造語は無理、といふことになるのではないか。

つまりわれわれは明治期以後、プラス・イメージのものには漢語を使ひ、マイナス・イメージには和語を用ゐがちな、さういふ言語風土に生きてゐるのである。漢語はそれくらゐ立派で、和語はそれくらゐ格が低いとみんなが心の底で感じながら、日本語をあやつつてゐるわけだ。

丸谷才一は、イメージがプラスかマイナスかで漢語と和語を使いわけるこのような「言語風土」を大問題だと言いつつ、さらに西洋語が生ではいってきて、「いちばん格の高いのが片仮名の西洋語」「その下が漢語」「いちばん下が和語」という具合になったことを指摘する。そして、漢語は「議会」「憲法」「鉄道」「病院」などのように、「西洋近代を受入れるためのまことに便利

な媒介物」であり、「即物的な機能性といふ点でも、高度な観念性といふ点でも、近代的だつたのである」と言う。

「字音語考」の内容を抜粋して紹介しているのだが、丸谷才一の最も主張したいのは右の指摘を踏まえたうえで次の点なのである。

が、さういふわけで文明全体がむやみに漢語を使ふうちに、いろいろ困ることが出て来た。その第一は、とかく生活と遊離して使はれるといふことである。もともと自分の国のものでないのだから、これはごく自然な成行だつたし、逆に言へば、さういふものだからこそ訳語を作るのに向いてゐた、とも言へるかもしれないけれど。たとへばわれわれは「聖者」なんてものは観念的に見当をつけるだけだし、「無象」なんてその見当すらむづかしい。いや、「刑而上学」だつて「人権」だつて、われわれの生活としつかり結びついてゐるかどうか疑はしい。しかしそれにもかかはらず、漢字をいくつか結びつければ、とにかくその言葉は存在が可能になるのである。

第二に、このことと密接な関係があるけれど、意味が曖昧でも、モウロウとしたまま盛んに使はれる。そして第三に、音の響きは強烈で、威勢がよくて、当りがきつい。意味がモウロウとしてゐるため、音の響きがいつそう刺戟的になるといふこともありました。戦前戦中に軍人が、「玉砕」とか「焦土決戦」とか「一億一心」とか、やたらに漢語を多用したのなんか、このせいだつたでせう。（中略）

つまり漢語ないし字音語には、テキパキと話が運ぶので至つて調法である反面、生活の実際とかけ離れたり、空疎なおどしをかけることになりがちだつたりする性格もあつた。（後略）

さて、近代以降の短歌を和語および漢語の用い方の点から見たらどうなるだろうか。長嶺元久・長嶺恭子の「短歌における和語の比率」(注2)が貴重なデータを示している。小高賢編によるアンソロジー『近代短歌の鑑賞77』と『現代短歌の鑑賞101』（新書館）に収録されている歌人から近代歌人七名と現代歌人十一名を選び、検討を行ったものである。詳しい資料は原文を見てもらうことにして、「和語の比率」だけを割合の高い順に抜き出してみる。

若山　牧水	九六・五％
釈　迢空	九四・五％
佐佐木信綱	九二・一％
与謝野晶子	九〇・六％
北原　白秋	九〇・四％
石川　啄木	八九・六％
斎藤　茂吉	八五・一％
佐佐木幸綱	八三・九％
吉川　宏志	八〇・一％

高野　公彦　七九・一％

第十位まで引いた。なお、十八名のなかで「和語の比率」が最も低かったのは塚本邦雄で六六・七％であった。漢語や外来語という非和語の割合が高い歌人であることは日ごろの塚本作品の印象からうなずける。

さて、第一位は若水牧水である。有名でよく知られている牧水作品はじっさい和語だけで成り立っている歌がほとんどである。『近代短歌の鑑賞77』に収められている作から引いてみよう。

水の音《ね》に似て啼く鳥よ山ざくら松にまじれる深山《みやま》の昼を　『海の声』
けふもまたこころの鉦《かね》をうち鳴《なら》しうち鳴しつつあくがれて行く
幾山河越えさり行かば寂しさの終《は》てなむ国ぞ今日《けふ》も旅ゆく
白鳥《しらとり》は哀《かな》しからずや空の青海のあをにも染まずただよふ
ああ接吻《くちづけ》海そのままに日は行かず鳥翔《ま》ひながら死《う》せ果てよいま
山を見よ山に日は照る海を見よ海に日は照るいざ唇《くち》を君
君かりにかのわだつみに思はれて言ひよられなばいかにしたまふ
海底《うなぞこ》に眼《め》なき魚の棲《す》むといふ眼の無き魚の恋しかりけり　『路上』
白玉《しらたま》の歯にしみとほる秋の夜の酒はしづかに飲むべかりけれ
秋かぜや日本《やまと》の国の稲の穂の酒のあぢはひ日にまさり来れ　『死か芸術か』

夏の樹にひかりのごとく鳥ぞ啼く呼吸《いき》あるものは死ねよとぞ啼く
ふるさとの尾鈴の山のかなしさよ秋もかすみのたなびきて居り　『みなかみ』
母が飼ふ秋蚕《あきご》の匂ひたちまよふ家の片すみに置きぬ机を
時をおき老樹《おいき》の雫おつるごと静けき酒は朝にこそあれ　『砂丘』
昼深み庭は光りつ吾子《あこ》ひとり真裸体《まはだか》にして鶏《とり》追ひ遊ぶ
石《いし》越《こ》ゆる水のまろみを眺めつつこころかなしも秋の渓間に　『渓谷集』
見る見るにかたちをかふるむら雲のうへにぞ晴れし冬の富士が嶺《ね》
聞きゐつつ楽しくもあるか松風のいまは夢ともうつつとも聞ゆ　『くろ土』
しみじみとけふ降る雨はきさらぎの春のはじめの雨にあらずや
うすべにに葉はいちはやく萌え出でて咲かむとすなり山桜花　『山桜の歌』
瀬瀬走るやまめうぐひのうろくづの美しき春の山ざくら花
若竹に百舌鳥《もず》とまり居りめづらしき夏のすがたをけふ見つるかも　『黒松』
黒松の黒みはてたる幹の色葉のいろをめづ朝見ゆふべ見

人口に膾炙した作が多く、これらの一首一首について触れることは今はしない。ただ、牧水の代表作と言われる秀歌がほとんど和語だけで成り立っていることは改めて強調しておいてよいと思われる。

二

牧水が和語を重んじた背景には何があるか。最初に幼少期の言語体験について述べたい。牧水には年の離れた三人の姉がおり、そのなかの二番目の姉トモから受けた文学的感化について牧水は「おもひでの記」「尾山篤二郎著『大正一万歌集』序」他で触れている。前者では姉トモの思い出を記し「彼女は幼い時から非常に文字を愛した。（中略）或る日のこと、私の寝てゐる上に蚊帳を吊りながらこの姉がその諳んじてゐる何かの文句をいい口調で誦《くちず》さんでゐるのをうとうととして聞きながら、子供心にも私は言ひ様なき哀愁を覚えた事がある」と書いている。おそらく幼い牧水には姉トモの諳んじている言葉の意味はほとんど理解できなかったであろう。「うとうと」もしていたのだから。しかし、「いい口調」を耳でしっかり受けとめ、あげくは「言ひ様なき哀愁を覚えた」と。言葉のひびき、語りのしらべに心動かされたのである。幼少期にこんな言語体験をした者は少なくないはずである。牧水だけが特別ではないが、牧水が大切な体験としてこのことをわざわざ語っていることの意味は大きい。「おもひでの記」を牧水が書いたのは三十代半ば。歌人としての自分の原体験の一つとして思いをこめて記しているのである。後者の文章でも「二番目の姉がなかなか利発な娘で幼い時から文字に親しみ私の物心のつくころには昔の小説や物語類を暗記して台所の用を足す時私をおんぶしてゐるときなどよくいい節まはしで口ずさんでゐた」などの思い出を記している。

右に記したのは尋常小学校に入学前の話である。小学校に入ったあとは、二人の叔父たちに感化を受けたことをやはり「おもひでの記」に書いている。能楽が得意の叔父と読物の好きな叔父についてである。能楽そして鼓が堪能だった一人の叔父については「酔つて謡ひ出す謡曲や、長い漢詩などを私はどれだけ憧憬《あこがれ》の眼を以て眺めたものか」と言っている。読物の好きなもう一人の叔父については「新しいものを見付けては必ず先づ私の家へ持つて来て母へ読んで聞かせてゐた。いま思へば膝栗毛や弓張月であつたが、挿絵の多い小型の綴本を手に持つて、焚火の囲炉裡に、前に云つた燭台の松明《たいまつ》をさしくべさしくべこの頭の円い声のいい叔父が母や姉を相手にして夜深くまで読み入つてゐた光景《ありさま》はいま思ひ出してもなつかしい」と言っている。謡曲や物語を耳で聞くことを楽しんでいる少年牧水の姿が彷彿としてくる。

明治二十年代後半の、東京から遠く離れた日向の国の山村の坪谷にあって牧水は文学的・文化的環境にある程度恵まれたと言える。単なる日向の山猿ではなかった。とくに聴覚を通して文学・文化を吸収していた。それは江戸期、明治初期の和語を中心とした文学・文化だった。西洋の文学・文化にはまだまだ遠かった。

牧水は坪谷尋常小学校を卒業したあと、県北の延岡高等小学校に入り、その後できたばかりの延岡中学校に入学して五年間を過すことになる。その中学校で親友の一人だった村井武が、牧水が死去した昭和三年十二月の「創作」「若山牧水追悼号」に書いている文章が興味深い。牧水について「君は唱歌がうまくつて、音楽がすきだつた」と書き、一つのエピソードを記している。それは石井十次の「岡山孤児院」の音楽会が延岡で行われ二人して「密行」して聞きに行ったときの話である。「君はあの時、一人の孤児の手風琴の頗るうまいのがゐたね、あれにすつかり感心して、すぐに君も一個を購つて貰つて毎日ブウブウやつてゐたが、いつの間にかうまくなつて指先の速く動くのを見て（下宿の）おばさんが感心してゐたではないか」。見よう見まねでアコーディオンを演奏していた牧水。聴覚にすぐれていなければ無理だったであろう。

　中学四年のときの阿蘇などへの修学旅行では、第四分隊長に選ばれている。大悟法利雄は『若山牧水伝』のなかで次のように記している。「この旅行中、各隊ではしきりに軍歌を高唱したが、牧水の第四分隊では彼がその音頭をとり、行く行く即興の作を朗吟して隊員に唱えさせ、それが期せずして首尾一貫した軍歌となって隊員を感動させたということがその旅行に参加した級友たちによって伝えられて居る」。軍歌の音頭をとったことはもちろん、「即興の作を朗吟して隊員に唱えさせ」たというからなかなかの音楽的文学的な才能の発揮である。

　牧水の短歌との出会いは、延岡中学の校長である山崎庚午太郎《かごたろう》によってもたらされた。まだ三十代半ばの山崎校長は文芸とくに短歌に関心をもち、中学の「校友会雑誌」に西行論や香川景樹論を発表していた。それらを読んで牧水が自分も歌を作りたくなったと校長に申し出たところ、校長が貸してくれたのが景樹の歌集『桂園一枝』だった。やがて西行の『山家集』も貸してもらった。牧水はそれらの歌集を「よくは解らぬながらに耽読して、後には暗記してゐた」（「わが愛誦歌」）と記している。特に調べを味わっていたはずである。それは山崎校長が「校友会雑誌」創刊号に発表していた景樹論のなかの「入り易くして達し難しといふことは歌道の本意なり、歌即ち調、調即ち歌、彼が調以外に歌なしといへるも調に重きを置けるも皆なこれ歌の本意に適へるものといふべし」といった一節も影響していたと言えよう。

延岡中学卒業後、早稲田の学生となってからの朗詠・朗読は多くの人が記している。早稲田の同級生だった神田勝之助の文章を「日本短歌」（昭和十五年九月号）の特輯「若山牧水を憶ふ」の「大学時代の思ひ出」から引こう。

一体、早稲田の文科といつても皆が皆文壇に打つて出ようと志望するものばかりでなく学校の先生にならうとする人が大半で、純文学志望の吾々は、若山君をはじめ土岐君、安成君、藤田君、に私などで一グループをなし、いつも教室の一隅に陣取つて、盛んに高談放語し、未来の文壇に雄飛すべく希望にみちて目を輝してゐたのであつた。が先生によつては欠席《エスケープ》して、よく私達は戸山ヶ原に散歩に出かけた。まだあの辺一帯は広々としてゐたもので武蔵野の俤がありツルゲーネフの小説に描かれたやうなロシヤの田舎を思はしめるに十分なものがあつた。といふのは、当時はロシヤ文学全盛で皆ロシヤ文学崇拝者である上に、若山君は吾々仲間での独歩の発見者で早く独歩の『武蔵野』を賞揚し、吾々に独歩を紹介したといふ関係もあつたからである。

私ども都会に育つたものが自然に対する目を開かせられたのは一つにはかういつた若山君の感化の賜物であつた。

かうして散歩すると、若山君は直《ぢき》に詩や歌を朗吟した。その声のよさ！　土岐君や安成君もこれに和して声高らかに藤村や泣菫や敏の詩や訳詩をうたつたものである。皆若かつた。

当時の早稲田の文科の雰囲気を伝える部分を引いた。

牧水の朗詠は大学卒業後も盛んに行われる。生涯にわたってさまざまの場面で朗詠した。たとえば長谷川銀作はこんな思い出を書いている。「牧水が、雑誌の歌の校正などをやりながら、知らず識らずのうちに声に出して歌ふ場合の朗詠とも朗読ともつかぬ口吟ともつかぬ低唱微吟、あれはまた別の趣きがあつた」(『牧水襍記』)。朗詠した歌は『万葉集』の短歌や長歌(山部赤人は十八番だった)であり、また自作であった。そして、朗詠を愛した牧水は、朗詠にふさわしい言葉と調べの短歌を詠んだ。歌の意味よりも、言葉のひびきと調べのよさを重んじた。頭で意味を考える歌よりも、耳から入り身体感覚で味わう歌を重視した。

そのために日本人にとって最も古く、身と心になじんでいる和語が特に重要だった。丸谷才一が先の文で、漢語は「とかく生活と遊離して使はれる」ということを指摘していた。牧水が目指していたのは自己の「生活と遊離」していない、身と心を実感をもって表現した短歌だった。


芸術々々とよく人は言ふ、実のところ私はまだその芸術と云ふものを知らない、断えず自身の周囲に聞いて居る言葉でありながらいまだに了解が出来難い、だから私はそれ等一切の関係のなかに私の歌を置くことが出来なかつた、私は原野にあそぶ百姓の子の様に、山林に棲む鳥獣のやうに、全くの理屈無しに私の歌を咏み出で度い。

これは第二歌集『独り歌へる』の自序の一節である。「芸術」の語は学芸・技術を意味する古くからの言葉であるが、明治三十年代以降は art の訳語として広く使われた。右の序文を書いた明治四十二年の時点で牧水は「芸術」の語にいくらか胡散臭さを感じていたのであろう。「理屈無し」に歌を詠むとは、別の言葉で言えば実感で詠めということである。牧水の歌論では、実感はキーワードである。『短歌作法』（大正十一年刊）では次のように書いている。

実感より詠め、といふことを先づ大体に於て私は云ひ度い。とりあへずこれを実際に行ふ場合を云ふならば先づ次の二つに大別せらるる。

感じた通りに詠め。

感じないものを感じたごとくに詠むことをするな。といふのである。これは云ひかへれば、概念から詠むな、感覚なり感情なりすべて自己の体得したところから詠めといふことに当るのである。（中略）

僅か三十一文字の中に取り入れる言葉にせよ、よくよく注意して運ばねばならぬ。就中《なかんづく》、その一首の歌のもとをなし魂をなす、感動感覚に微塵の粗末さ乱雑さがあつてはならぬ筈だ。即ち、初めに云つた『歌は実感から詠め』といふその実感に対する作者の態度は極めて貴重な重要な意味を帯びて来るのである。

牧水の歌論に、和語を使いなさい、漢語を避けなさいということは一切出てこない。しかし、

「感じた通りに詠め」には和語を大切に生かせ、「感じないものを感じたごとくに詠むことをするな」には漢語を警戒せよ、という意味合いを含んでいるのではあるまいか。丸谷才一が言ったように、漢語は「意味がアイマイでも、モウロウとしたまま」使われ、「音の響きがいっそう刺戟的」になるあやうさがひそんでいる。

三

和語は耳で聞いたときに耳と心にそのまま沁みとおる魅力ある言葉である。だが、目で文字を読むときには表意文字の漢字が強い印象をもたらす魅力をもつ。そこで漢語を使い和語のルビをふれば双方の長所が生かせる。『別離』の作品で見てみよう。

町はづれ煙筒《けむだし》もるる青煙《あをけむ》のにほひ迷へる春木立かな

春の郊外を散歩している場面だろうか。迷っているのは煙だけでなく作者もであろうと読者は考える。用語の点では「煙筒《けむだし》」に注目したい。漢語の「煙突《えんとつ》」を避けて和語の「けむだし」を用いている。通常は「煙出《けむだし》」と書くところを「煙筒」と書いている。なるほど煙を出すための筒である。「青煙《あをけむ》」は『日本国語大辞典』に出ていない。ただし、「青煙《せいえん》」ならけむり、もやの意味で出ている。そして、用例として国木田独歩の「武蔵野」の一文が引かれているので、影響を受けたのかも知れないが、牧水はあくまで「青煙《あをけむ》」である。なるほどこの一首を「町はづれ煙突《えんとつ》もる青煙《せいえん》のにほひ迷へる春木立かな」と読んだら漢音は浮くばかりである。もっとも、「町はづれけむだしもるるあをけむのにほひ迷へる春木立かな」の表記では印象が弱くなってしまう。

漢語を使い和語のルビをふった作品を『別離』からいくつか抜き出してみよう。

をちこちに乱れて汽笛《きてき》鳴りかはすああ都会《まち》よ見よ今日《けふ》もまた暮れぬ
秋の夜やこよひは君の薄化粧《うすげはひ》さびしきほどに静かなるかな
夙《と》く窓押し皐月《さつき》のそらのうす青を見せよ看護婦《みとりめ》胸せまり来《き》ぬ
白昼《ひる》さびし木《こ》の間《ま》に海の光る見て真白《ましろ》き君が額《ぬか》のうれひよ
暴風雨《しけ》あとの磯に日は冴ゆなにものに驚かされて犬永う鳴く
朱《しゆ》の色の大鳥あまた浮きいでよいま晩春《ゆくはる》の日は空に饐《す》ゆ
玉ひかる純白《ましろ》の小鳥たえだえに胸に羽《はね》うつ寂しき真昼
恋もしき歌もうたひきよるべなきわが生命《いのち》をば欺かむとて
水無月の洪水《おほみづ》なせる日光《につくわう》のなかにうたへり麦刈少女《むぎかりをとめ》
海岸《うみぎし》のちひさき町の生活《なりはひ》の旅人の眼にうつるかなしさ

「都会《まち》」「薄化粧《うすげはひ》」「看護婦《みとりめ》」「白昼《ひる》」「暴風雨《しけ》」「晩春《ゆくはる》」「純白《ましろ》」「生命《いのち》」「洪水《おほみづ》」「生活《なりはひ》」の語は、いずれも漢語に和語のルビをふったものである。牧水の和語に対するこだわりが感じられる。ただし、「うすげはひ」や「みとりめ」は今日では私たちの「生活と遊離」している言葉と言わざるを得ない。「白昼《ひる》」のルビはよくわかる。恋人とともにいて二人の間にはしっくりいってないものがあり、そのさびしさを強調するのに「昼さびし」では弱いので「白昼《ひる》さびし」と表記したのだ。この明るい昼に、の思いである。「生活《なりはひ》」は生業あるいは生計の漢字がふさわしいところだろう。が、「生活」を「なりはひ」と読ませたところに味わいがある。自らが「なりはひ」から遠ざかった「生活」をしている「旅人」であることのアンビバレンスが「かなしさ」であろう。(注3)「生命《いのち》」の用例については、北原白秋・石川啄木・若山牧水の作品を別に検証したことがあるのでここでは触れない。

牧水が和語を生かし、そして漢語を生かすことに工夫した歌人であることは右の作品から読みとれる。

では、漢語を使った歌がないかというとそんなことはない。いろいろの用例がある。同じく『別離』から引いてみよう。

朝地震《なゐ》す空はかすかに嵐して一山《いちざん》白きやまざくらばな
日は寂《さび》し万樹《ばんじゆ》の落葉はらはらに空の沈黙《しじま》をうちそそれども
見よ秋の日のもと木草《きぐさ》ひそまりていま凋落《てうらく》の黄《き》を浴《あ》びむとす
大河よ無限《むげん》に走れ秋の日の照る国ばらを海に入るなかれ
帆柱ぞ寂然《じやくねん》としてそらをさす風死せし白昼《ひる》の海の青さよ

やや赤む暮雲《ぼうん》を遠き陸《くが》の上にながめて秋の海馳するかな
をさな子のごとくひたすら流涕《りうてい》すふと死になむと思ひいたりて
若うして傷《きづ（ママ）》のみしげきいのちなり蹌踉《さうらう》としてけふもあゆめる

「一山」「万樹」「凋落」「無限」「寂然」「暮雲」「流涕」「蹌踉」。いずれも文字の面から、言語の響きの面から、この語を強めて、一首のなかでキーワードになっている。これらの語以外はすべて和語なので、より強い印象を与えられる。たとえば一首目の「一山《いちざん》」は「一山《ひとやま》」でもよく、むしろこの方がすべてが和語となってふさわしいように思えるが、あえて「一山《いちざん》」とすることで、この語が目立つことになり効果的である。牧水は和語をベースにしながら、必要に応じて漢語を使い、工夫ある使いわけをおこなっていると言える。

ほととぎすは牧水が鳥のなかで最もその鳴き声を愛した鳥だったが、『別離』中に次の三首が並んで置かれている。

糸のごとくそらを流るる杜鵑《とけん》あり声にむかひて涙とどまらず
うつろなる命をいだき真昼野《まひるの》にわが身うごめき杜鵑《ほととぎす》聴く
ほととぎす聴きつつ立てば一滴《ひとたま》のつゆより寂しわが生くが見ゆ

「杜鵑《とけん》」「杜鵑《ほととぎす》」「ほととぎす」と三つの表記を用いている。この場合はそれぞれの表記にさほどの強い必要性は感じられない。たとえば一首目を「糸のごとくそらを流るるほととぎす声にむかひて涙とどまらず」と表記してもいいように思われる（ただ「杜鵑《とけん》あり」の方が第三句での切れははっきりしている）。この三首の場合は牧水が表記を楽しんでいるように思えるが、どうだろうか。

丸谷才一は片仮名の西洋語がもっとも上位に置かれたと言っていた。『別離』の場合はどうか。

湯槽《ゆぶね》より窓のガラスにうつりたる秋風《あきかぜ》のなかの午後《ごご》の日を見る
ゆふ日さし窓のガラスは赤赤《あかあか》と風に鳴るなり長椅子《ながいす》に寝《ぬ》る
ガラス戸《ど》にゆく春の風をききながら独り床《とこ》敷《し》きともしびを消す
新《あたら》しき鵞《が》ペンに代《か》へしゆふぐれの机のうへに満《み》てるかなしみ
公園《こうゑん》の木草《きぐさ》かすかに黄に染《そ》みぬ馴れしベンチに今日《けふ》もいこへる
家家《いへいへ》にかこまれはてしわが部屋《へや》の暗きにこもりストーヴを焚《た》く
ニコライの大釣鐘《おほつりがね》の鳴りいでて夕《ゆふ》さりくればつねにたづねき

私が見たかぎり、片仮名の表記の出てくる歌はこれだけである。他の近代歌人と厳密に比べてみたわけではないが、きわめて少ない方だろう。三首目の「ガラス戸」の歌はこの作と並んで「玻璃戸《はりど》漏《も》り暮春《ぼしゅん》の月の黄《き》に匂ふ室《へや》に疲《つか》れてかへり来《こ》しかな」があり使いわけている。なお、次のような作があることに目をとめておきたい。

燐枝《まち》すりぬ海のなぎさに倦み光る昼の日のもと青き魚焼く

野のおくの夜の停車場《ていしやば》を出でしときつとこそ接吻《きす》をかはしてしかな

彼《か》の国《くに》の清教徒《ぴゆうりたん》よりなほきよく林に入りて棲まむともおもふ

「燐枝」はマッチ、「接吻」はキス、「清教徒」はピューリタンと表記する方が普通で、そのような片仮名書きの方が語の新鮮さを印象づけた時代ではなかったかと思うが、牧水はあえて西洋語を漢字で記し、そして平仮名のルビをふっている。

白鳥《はくてう》は哀《かな》しからずや海の青そらのあをにも染まずただよふ　明治四十年十二月「新声」

白鳥《しらとり》は哀《かな》しからずや空の青海のあをにも染まずただよふ　明治四十三年四月『別離』

白鳥《しらとり》はかなしからずや空の青海のあをにも染まずただよふ　大正四年四月『行人行歌』

「白鳥は」の有名な歌は、「新声」の初出から自選歌集『行人行歌』まで表現や表記が推敲されている。それだけ一首の完成に牧水は魂をこめた。先に引いた牧水の歌論の一部「僅か三十一文字の中に取り入れる言葉にせよ、よくよく注意して選ばねばならぬ。就中《なかんづく》、その一首のもとをなし魂をなす、感動感覚に微塵の粗末さ乱雑さがあつてはならぬ筈だ」が思い出される。この歌論のとおりを実践した牧水だったというより、実践から生まれた歌論だったのである。

（注1）丸谷才一『桜もさよならも日本語』昭和六十一年　新潮社
（注2）「牧水研究」第十三号　平成二十四年十二月　牧水研究会　鉱脈社
（注3）「『いのち』の歌」拙著『牧水の心を旅する』平成十年　角川学芸出版

Ⅴ　『別離』（上巻）の句切れを見る

短歌における文体を構成する重用な要素の一つに句切れがある。句切れについて『和歌文学辞典』（有吉保編）は次のように説明している。

句切れ　歌学用語。短歌の末句以外の句で文が終止または休止するのをいうが、文章形式上のこととせず、韻律（調子）に基準を置く立場や両者を適宜に適用する立場もある。ただし、韻律形式上のこととした場合は客観性のある基準を示すことが困難だといわれる。初句で切れた場合を「初句切れ」、以下「二句切れ」「三句切れ」「四句切れ」と称し、句切れのない歌もある。初・三句切れの場合は七五調、二・四句切れの場合は五七調となる。また、各句の途中で切れるのを「句割れ」といい、「うつり行く雲に嵐の声すなり／散るか／まさきの葛城の山」は三句切れで、四句に「句割れ」が生じている。

全文を引いた。句切れとはまず「文章形式上」のことである。が、「韻律（調子）に基準を置く立場」もある。ただ、後者の場合「客観性のある基準を示すことが困難だといわれる」。もっとも、「文章形式上」の方もその作品をどう読むかという読み方によって句切れも微妙に判断が揺れ動く場合がある。

このように客観性が絶対的なものであるとは言い切れないが、句切れが短歌の文体を構成する要素として重要であることは言うまでもない。句切れは調べと深く関わり、作品のもつ抒情や思想の内容に大きく影響するからである。

歌集『別離』の出版によって若山牧水は歌壇内外での評価を高め、広く知られる歌人となった。明治四十三年四月に東雲堂書店から刊行されたこの歌集は、周知のように第三歌集である。第一歌集『海の声』、第二歌集『独り歌へる』をすでに出版していたが、少部数の二冊の歌集はほとんど反響を呼ばなかったため、それらの作品に新作を加え新たに編集して一冊とした。事実上の第一歌集であり、牧水の代表的な青春歌集と言ってよい。

『別離』は一千四首を収めている。そして、上巻と下巻の二部の構成になっている。上巻は「自明治三十七年四月　至同四十一年三月」、下巻は「自明治四十一年四月　至同四十三年一月」と牧水本人が記している。歌の数は、上巻が四百十首、下巻が五百九十四首である。

上巻には特に牧水の青春の代表歌と言われるものが多い。旅の歌の一連にある「幾山河《いくやまかは》越えさり行かば寂しさの終《は》てなむ国ぞ今日《けふ》も旅ゆく」や恋の歌の「ああ接吻《くちづけ》海そのままに日は行かず鳥翔《ま》ひながら死《う》せ果てよいま」などである。牧水が二十歳から四年間に歌った作品は青春のピーク時をなす作品であり、それにふさわしい作を多く含んでいる。

その上巻の作品を、句切れの面から考えてみたいというのが本稿の意図である。以下、句切れについて記すが、それは「文章形式上」（『和歌文学辞典』）の句切れである。

上巻の四百十首を句切れ面から見ると、次のようになっている。（以後、『別離』と記した場合は原則として上巻を意味する）

初句切れ	五八首（一四％）
二句切れ	五八首（一四％）
三句切れ	三八首（九％）
四句切れ	六五首（一六％）
句切れなし	一〇九首（二七％）
句割れ	一八首（四％）
複数回句切れ	六四首（一六％）

「句切れなし」が最も多くて二十七パーセントである。もっとも、「句切れなし」は『万葉集』以来の短歌の伝統であり、その点から言えばむしろ少ないと言うべきであろう。そして、「初句切れ」「二句切れ」「四句切れ」「複数回句切れ」がいずれも十数パーセントあることに注目した

い。つまり多彩な句切れを展開しているのである。その中で「複数回句切れ」が多いことは特徴であり、そのことについては後でまた触れたい。

『別離』と同時期の他の歌集の句切れと比較してみるのが有効であるが、今調査をする余裕がない。ただ、明治四十五年に出版された佐佐木信綱の第二歌集『新月』については以前に句切れを調べたことがあり、その数を示してみる。『新月』について佐佐木幸綱は「ともあれ、『新月』には、信綱の個人史から見ても、当時の文学史的状況から見ても、例外的に自在な世界を見ることができるのである。信綱の短歌はとりすました端正なたたずまいをしている、というのが定評になっている。しかし『新月』の歌は、あられもない姿を見せている」と述べている（『底より歌え』所収「孤立する歌集」）。歌壇での評価はかんばしいものではなかったが、問題提起に満ちた歌集だったのである。主に明治四十年代の作品を集めたと思われる三百首である。

初句切れ	二〇首（七％）	六％増
二句切れ	六〇首（二〇％）	一三％増
三句切れ	五一首（一七％）	三％減
四句切れ	二三首（八％）	四％減
句切れなし	一三三首（四四％）	一二％減
句割れ	六首（二％）	二％増
複数回句切れ	七首（二％）	二％減

下段に増減の数字を示しているが、これは信綱の明治三十六年刊の第一歌集『思草』（五百五十首収載）の句切れと比較した数字である。信綱は「句切れなし」を大きく減らし、「二句切れ」「初句切れ」を増やしている。信綱が句切れの面でも意欲的に取り組んだことが分かる。

『別離』を句切れの面で『新月』と比較してみると、まず「句切れなし」が非常に少ない。信綱は『新月』において「句切れなし」を十二パーセントも減らしたが、それでも四十四パーセントである。つまり、二首に一首は「句切れなし」である。『別離』は二十七パーセントで、三首に一首もない。次に、『別離』は句切れが多彩で、「初句切れ」「二句切れ」「四句切れ」「複数回切れ」がいずれも十数パーセントと同じ割合を占めている。『新月』は「二句切れ」「三句切れ」の割合が高く、「初句切れ」「複数回切れ」は少ない。その点、『別離』は「三句切れ」の割合が低く、『新月』の半分である。

『別離』は目次がなく、題を設けての連作構成という形式にはなっていないように見える。しかし、「旅ゆきてうたへる歌をつぎにまとめたり、思ひ出にたよりよかれとて」九十五首と「女ありき、われと共に安房の渚に渡りぬ、われその傍にありて夜も昼も断えず歌ふ、明治四十年早春」百二十五首は、詞書の下の連作になっていると言える。そこで構成上から『別離』を大きく見ると四章になる。

A　冒頭（「旅ゆきて……」以前）　九〇首

Ｂ　「旅ゆきて……」　九五首
Ｃ　「女ありき……」　七六首
Ｄ　「女ありき……」以後　一二五首

ＢとＣの間に、旅の歌の続きとも言える作を含む二十四首があるが、それは数も少ないので独立した章とせず、右には入れていない。ＡからＤの四つのパートはそれぞれ内容に特色がある。そこでそれぞれのパートに句切れ面でどういう特徴があるか見てみたい。

その前に言っておけば、牧水は『別離』の「自序」で「歌の掲載の順序は歌の出来た時の順序に従うた」と記しているが、実際は必ずしもそうなっていない。それはすでに幾人かによって指摘されており、私も述べたことがある。拙著『若山牧水の心を旅する』のⅢ章である。つまり、歌集『別離』上・下巻は意図的に構成されているのであり、そのことも念頭に入れて以下を記したい。

A

Ａの九十首は、牧水が山桜の咲いている春に故郷日向を出て上京するところから始まる。そして、自然や風景が多く歌われるとともに、後半には恋人が「君」「人」として登場している。句切れは次のようになっている。

初句切れ	二七首（三〇％）	一四％
二句切れ	一四首（一六％）	一四％
三句切れ	六首（七％）	九％
四句切れ	九首（一〇％）	一六％
句切れなし	二四首（二七％）	二七％
句割れ	四首（四％）	四％
複数回句切れ	六首（七％）	一六％

下段に記したのは、先に紹介した上巻全体の句切れの割合であり、比較のためにもう一度記した。先ず初句切れが多いことがAパートの特色である。

①朝地震《なゐ》す／空はかすかに嵐して一山《いちざん》白きやまざくらばな
②春は来《き》ぬ／老いにし父の御《み》ひとみに白ううつらむ山ざくら花
③君は知らじ／君の馴寄《なよ》るを忌《い》むごときはかなごころのうらさびしきを
④母恋《こひ》し／かかるゆふべのふるさとの桜咲くらむ山の姿よ
⑤うらこひし／さやかに恋とならぬまに別れて遠きさまざまの人
⑥日は寂《さび》し／万樹《ばんじゅ》の落葉はらはらに空の沈黙《しじま》をうちそそれども
⑦山脈《やまなみ》や／水あさぎなるあけぼのの空をながるる木の香《かをり》かな

⑧秋の夜や／こよひは君の薄化粧《うすげはひ》さびしきほどに静かなるかな
⑨静けさや／君が裁縫《しごと》の手をとめて菊見るさまをふと思ふとき

①〜③は動詞・助動詞の終止形で切っている作。③は倒置表現である。④〜⑥は形容詞の終止形で切っている作。⑦〜⑨は切れ字の「や」を用いている。⑧⑨は「君」が登場している。「初句切れ」は初句に場面や心情をいきなり示してその後を切ってしまい、二句以下に読者を誘いこむ歌い方と言えるだろう。若々しさを感じさせる歌が多い。もっとも、⑧⑨の切れ字「や」を用いた初句はやや間延びした感じを否めず、今日からは古く思われる。現代の短歌では、初句に切れ字を使う人は少ない。

Aパートから「二句切れ」「四句切れ」「句切れなし」の歌を、比較的に知られている作から引こう。

①水《みづ》の音《ね》に似て啼く鳥よ／山ざくら松にまじれる深山《みやま》の昼を
②吾木香《われもかう》すすきかるかや／秋くさのさびしききはみ君におくらむ
③山越えて空わたりゆく遠鳴《とほなり》の風ある日なり／やまざくら花
④思ひ出《づ》れば秋咲く木々《きぎ》の花に似てこころ香《かを》りぬ／別れ来《こ》し日や
⑤この家は男ばかりの添寝《そひね》ぞとさやさや風の樹に鳴る夜なり
⑥相見ねば見む日をおもひ相見ては見ぬ日を思ふさびしきこころ

これらの作に「韻律形式上」の句切れを私が付け加えてみると次のようになる。（「／」で示す）

①水《みづ》の音《ね》に似て啼く鳥よ／山ざくら／松にまじれる深山《みやま》の昼を
②吾木香《われもかう》すすきかるかや／秋くさのさびしききはみ／君におくらむ
③山越えて空わたりゆく／遠鳴《とほなり》の風ある日なり／やまざくら花
④思ひ出《づ》れば／秋咲く木々《きぎ》の花に似てこころ香《かを》りぬ／別れ来《こ》し日や
⑤この家は／男ばかりの添寝《そひね》ぞと／さやさや風の樹に鳴る夜なり
⑥相見ねば見む日をおもひ／相見ては見ぬ日を思ふ／さびしきこころ

これらを韻律で示すとまた次のようになる。

①五七・五・七七
②五七・五七・七
③五七・五七・七
④五・七五七・七
⑤五・七五・七七
⑥五七・五七・七

②③⑥はいわゆる五七調であり、『万葉集』を早くから学んだ牧水にはこの五七調の作、それも秀歌と言われる作が多い。

B

Bパートは「旅ゆきて……」九十五首である。有名な「九首中国を巡りて」の一連も含んでいる。Aパートの場合と同じく、句切れの割合を示してみる。

初句切れ	五首（五％）	一四％
二句切れ	一八首（一九％）	一四％
三句切れ	九首（九％）	九％
四句切れ	二二首（二三％）	一六％
句切れなし	三〇首（三二％）	二七％
句割れ	四首（四％）	四％
複数回句切れ	六首（七％）	一六％

先ず「初句切れ」が大きく減っていることが分かる。切れ字の「や」を使った歌は九十五首の中にわずか二首しかない。初句に切れ字を使う常套的な歌い方からの脱却を図り、新しい韻律を

目指したと思われる。

Bパートに多い「句切れなし」、そして「二句切れ」「四句切れ」の歌を引いてみる。

①けふもまたこころの鉦《かね》をうち鳴《なら》しうち鳴しつつあくがれて行く
②安芸の国越えて長門にまたこえて豊《とよ》の国ゆき杜鵑《ほととぎす》聴く
③日向の国都井《とゐ》の岬《みさき》の青潮に入りゆく端《はな》に独り海見る
④草ふかき富士の裾野をゆく汽車のその食堂《しよくだう》の朝の葡萄酒
⑤地《つち》ふめど草鞋《わらぢ》声なし／山ざくら咲きなむとする山の静けさ
⑥檳榔樹《びらうじゆ》の古樹《ふるき》を想へ／その葉蔭《はかげ》海見て石に似る男をも
⑦春の夜の匂へる闇のをちこちに横たはるなり／木《こ》の芽《め》ふく山
⑧幾山河《いくやまかは》越えさり行かば寂しさのはてなむ国ぞ／今日《けふ》も旅ゆく

①〜④は「句切れなし」の作。四首のいずれも「行く」「ゆき」「ゆく」の言葉が使われている。旅の心また旅の風景を詠んだ作を牧水は句切れなしで歌っている。心身をたえず空間から空間へ移動させる、「行く」という本質をもつ旅を、韻律面からも表現しているのである。

⑤⑥は「二句切れ」の作。⑤は二句の終りの「声なし」の否定形が強く働き、山桜の花が開こうとする山の静寂を見事に表現している。⑥は遠く離れた恋人に対して自分のことを忘れるなという二句の終りの「想へ」の命令形が効果的である。

⑦⑧は四句切れの作。ともに五七調である。⑧は特に有名な作で、字余りのやや重い初句から始まり、その重さがかき消されていく二句以下のゆったりとした韻律に魅力がある。そして、四句で切れた後の結句「今日も旅ゆく」は力強く、爽やかささえ感じさせる。岡野弘彦が「幾山河」の歌を取りあげて「伝統的な寂寥感から解放せられたところから発する、のびやかで遮断されることのない『あこがれ』の思いの自由な発露が、この歌の魅力である」(「新しき憧憬の旅」昭和六十年八月「短歌」)と述べていたのを思い出す。

数の少ない「三句切れ」「句割れ」「複数回句切れ」の作も二首ずつ紹介しておく。

①帆柱ぞ寂然《じやくねん》としてそらをさす/風死せし白昼《ひる》の海の青さよ
②山行けば青の木草《きぐさ》に日は照れり/何に悲しむわがこころぞも
③椰子の実を拾ひつ/秋の海黒きなぎさに立ちて日にかざし見る
④水に棲み夜光《よひか》る虫は青やかにひかりぬ/秋の海匂ふかな
⑤ただ恋し/うらみ怒りは影もなし/暮れて旅籠《はたご》の欄《らん》に倚るとき
⑥あはれあれ/かすかに声す/拾ひつる椰子のうつろの流れ実吹けば

C

Cパートは恋人の小枝子と千葉県の海岸の宿に泊まりに行き、初めて二人が結ばれた時の七十六首である。詞書をもう一度引用しよう。「女ありき、われと共に安房の渚に渡りぬ、われその傍らにありて夜も昼も断えず歌ふ、明治四十年早春」。この「明治四十年早春」について過去の研究者は、実際は明治四十一年早春なのに牧水が誤記したと言ってきたが、それは誤記でなく、牧水が『別離』を恋愛の「創作」歌集として構成する必要上から生まれた虚構だった（拙著『牧水の心を旅する』Ⅲ章を参照）。ともあれ、恋愛が最も高揚したという点で、『別離』の一ピークをなす作品と言える。句切れの割合は次のようになっている。

初句切れ	七首（九％）	一四％
二句切れ	一五首（二〇％）	一四％
三句切れ	四首（五％）	九％
四句切れ	一二首（一六％）	一六％
句切れなし	二〇首（二六％）	二七％
句割れ	二首（三％）	四％
複数回句切れ	一六首（二一％）	一六％

四つのパートの中で「複数回句切れ」の割合が最も高い。五首に一首の割合である。それもさまざまのパターンがあって変化に富んでいる。まず、初句で切れて、もう一回切れている作品である。

①ああ接吻《くちづけ》／海そのままに日は行かず／鳥翔《ま》ひながら死《う》せ果てよいま
②眼をとぢつ／君樹によりて海を聴く／その遠《とほ》き音《ね》になにのひそむや
③海哀《かな》し／山またかなし／酔ひ痴《し》れし恋のひとみにあめつちもなし

①は『別離』の代表歌である。歓喜が牧水の身と心をつらぬいている。そして、その歓喜のただならぬさまを「複数回句切れ」の韻律によって表現している。この歌の句切れをさらに細かく見れば「ああ／接吻／海そのままに日は行かず／鳥翔ひながら死せ果てよ／いま」ということになろう。この四回の句切れが切迫感を強めている。③は「かなし」を初句と二句で切って使い、「かなし」を強調している。ついでに言えば、四句をのぞく各句の終りの「し」の音が印象に残る作である。

④こころまよふ／照る日の海に／中ぞらに／うれひねむれる君が乳の辺に

倒置表現を用いて初句で切り、二句以下で二回切って、三回の切れを見せている作である。その恋心は、輝く海に行くか、中空に行くか迷いつつ、いや迷うふりをしながら「君が乳の辺」を目指している。眠っている彼女を起さずにいられない気持なのである。「海」と「中ぞら」と「乳の辺」を句切れで並列し、最後に「乳の辺」を持ってきているのが心にくい。

五句すべてで切れている秀歌は次の一首である。

⑤山を見よ／山に日は照る／海を見よ／海に日は照る／いざ唇《くち》を君

山に日が照るように、海に日が照るように、自分は「君」を愛するのだという大らかな恋歌である。句ごとの切れがありながら、一・二句と三・四句のリフレインがなめらかな韻律を生み、結句で高まっている。

続いて、初句で切れず、しかも二句以下で二回切れている作である。

①わがこころ海に吸はれぬ／海すひぬ／そのたたかひに瞳《め》は燃ゆるかな
②幾千の白羽みだれぬ／あさ風にみどりの海へ／日の大ぞらへ
③ともすれば君口無しになりたまふ／海な眺めそ／海にとられむ

①は二句と三句、②は二句と四句、③は三句と四句というように、切れている場所は違うが、いずれも二回切れている。③は発想も韻律も特に魅力的である。

④空《そら》の日に浸みかも響く／青々と海鳴る／あはれ青き海鳴る
⑤日は海に落ちゆく／君よいかなれば斯くは悲しき／いざや祈らむ

この二首は「複数回句切れ」で、それも「句割れ」をもつ作である（私の統計では一応「複数回句切れ」の方に入れてある）。牧水が韻律面でさまざまに挑んでいることが分かる。④も⑤も右に示した以上の回数の句切れをもっている作として読める。たとえば④の「あはれ／青き海鳴る」とか、⑤の「君よ／いかなれば」「いざや／祈らむ」とか、である。

Cパートの「二句切れ」「四句切れ」「句切れなし」の作を引いておこう。

①白鳥《しらとり》は哀《かな》しからずや／空の青海のあをにも染まずただよふ
②夜半《よは》の海汝《な》はよく知るや／魂《たま》一つここに生きゐて汝が声を聴く
③春の海ほのかにふるふ／額伏《ぬかふ》せて泣く夜のさまの誰が髪に似む
④くちづけは永かりしかな／あめつちにかへり来てまた黒髪《くろかみ》を見る
⑤接吻《くちづく》るわれらがまへにあをあをと海ながれたり／神よいづこに
⑥いつとなうわが肩の上にひとの手のかかれるがあり／春の海見ゆ
⑦直吸《ひたす》ひに日の光《かげ》吸ひてまひる日の海の青燃ゆ／われ巌にあり
⑧白き鳥ちからなげにも春の日の海をかけれり／君よ何おもふ
⑨恋ふる子等《こら》かなしき旅に出づる日の船をかこみて海鳥《うみどり》の啼く
⑩君かりにかのわだつみに思はれて言《い》ひよられなばいかにしたまふ
⑪松透きて海見ゆる窓のまひる日にやすらに睡《ねむ》る人の髪吸ふ

⑫いかなれば恋のはじめに斯くばかり寂しきことを思ひたまふぞ

①〜④の「二句切れ」の作はいずれも四句の終りに「／」を入れることができ、⑤〜⑧の四句切れの作はいずれも二句の終りに「／」を入れることができる。つまり、①〜⑧は五七調の歌である。⑨〜⑫の「句切れなし」の作に「／」を入れるとすれば、三句の終りだろうか。「主観」によって意見の分かれるところであり、そこが逆にこれらの歌の韻律の深い魅力のあるところである。そのことはこのCパートに少ない「三句切れ」の次のような歌と比べると明らかである。これらの歌は韻律も意味も単純である。

⑬海岸《うみぎし》の松青き村はうらがなし／君にすすめむ葡萄酒の無し
⑭ひもすがら断えなく窓に海ひびく／何につかれて君われに倚る

D

Dパートは恋人との関係が深まり、恋情をより激しく歌うと同時に、一方で不安と懊悩が強まり、そのため恋とは何なのかを問うている作が増え、そして、終り近くに静かな幸福感が漂うという百二十五首である。その意味で振幅の大きい一連になっている。句切れは次のようになっている。

初句切れ	一六首（一三%）	一四%
二句切れ	一〇首（八%）	一四%
三句切れ	一六首（一三%）	九%
四句切れ	一八首（一四%）	一六%
句切れなし	二四首（一九%）	二七%
句割れ	八首（六%）	四%
複数回句切れ	二三首（一八%）	一六%

内容の振幅が大きいだけに、句切れもさまざまに用いられている。二十パーセントをこえる句切れはなく、「句割れ」を別とすれば十九パーセントから八パーセントの間で句切れが用いられている。その中でCパートと同じように「複数回句切れ」は多い。

①山動け／海くつがへれ／一すぢの君がほつれ毛ゆるがせはせじ
②みじろがでわが手にねむれ／あめつちになにごともなし／何の事なし
③胸せまる／あな胸せまる／君いかにともに死なずや／何を驚く
④髪を焼け／その眸《まみ》つぶせ／斯くてこの胸に泣き来よ／さらば許さむ
⑤毒の木に火をやれ／赤きその炎ちぎりて投げむ／よく睡《ぬ》る人に

⑥恋人よ／われらはさびし／青ぞらのもとに涯《はて》なう野の燃ゆるさま
⑦風消えぬ／吾《あ》もほほゑみぬ／小夜《さよ》の風聴きゐし君のほほゑむを見て
⑧風凪ぎぬ／松と落ち葉の木の叢《むら》のなかなるわが家《や》／いざ君よ寝《ね》む

歌集に掲載の順に並べている。心情の変化が明らかである。ということは、牧水が意図的に構成していることに他ならない。①〜③は二人の愛の高揚、それもともに死んでもよいほどの激情である。④〜⑥は一転して恋人に不信と憎悪を示し、そのような関係に陥った二人を寂しがっている。⑦⑧はそんな二人に平安が訪れている。

①②④⑥は命令形が用いられている。その命令は自然に対してだったり、恋人に対してだったり、あるいは自分自身に対してだったりするが、いずれにしても切羽つまった思いであり、そのことがおのずから句切れを生み出している。⑦⑧はそんな思いが静まっているのだが、激情の韻律が尾を引いているのか「複数回句切れ」である。⑧は『別離』上巻四百十首の掉尾を飾っている作である。

②と⑤をのぞく右の歌は初句で切れている。Dパートは「初句切れ」がAパートの次に多い。

①思ひ倦みぬ／毒の赤花《あかばな》さかづきにしぼりてわれに君せまり来よ
②悲し悲し／火をも啖《くら》ふと恋ひくるひ斯くやすらかに抱かれむこと
③あらら可笑《をか》し／君といだきて思ふことといふことなきにこの涙はや

④君いかに／かかる静けき夕ぐれに逝《ゆ》きなば人のいかに幸《さち》あらむ
⑤微笑《ゑみ》鋭し／われよりさきにこの胸に棲みしありやと添臥しの人

①〜③は初句で自分の心情をいきなり述べて、二句以下を展開している。Aパートの「初句切れ」について若々しさと記したが、このDパートのそれはもっと屈折した思いを表している。④⑤は恋人の「君」に対するこれまた複雑に揺れ動く思いを歌っている。

「二句切れ」「三句切れ」「四句切れ」「句切れなし」「句割れ」の作をそれぞれ引いておこう。

①雪暗うわが家つつみぬ／赤々《あかあか》と炭燃ゆる夜の君が髪《かみ》の香
②むしろわれけものをねがふ／思ふまま地《ち》の上這《へは》ひ得るちからをねがふ
③事もなういとしづやかに暮れゆきぬ／しみじみ人の恋しきゆふべ
④みな人にそむきてひとりわれゆかむ／わが悲しみはひとにゆるさじ
⑤いざこの胸千々に刺《さ》し貫《ぬ》き穴《す》だらけのそを玩《もてあそ》べ／春の夜の女
⑥君睡《ぬ》れば灯の照るかぎりしづやかに夜は匂ふなり／たちばなの花
⑦床に馴れ羽《はね》おとろへし白鳥のかなしむごとくけふも添寝《そひね》す
⑧君かりにその黒髪に火の油そそぎてもなほわれを捨てずや
⑨われ歌をうたへり／けふも故わかぬかなしみどもにうち追はれつつ
⑩人棲まで樹々のみ生《お》ひしかみつ代のみどり照らせし日か／天《そら》をゆく

『別離』の句切れがどのようになっているかについて右に述べた。『別離』の句切れは多彩で、変化に富んでいる。その変化は歌の内容と深く関わっている。そのことが明瞭に見てとれる歌集として四つのパートから構成された『別離』を読むことができるのである。今回は一首一首の詳しい鑑賞は略したが、作品の鑑賞や批評にあたっては、句切れがどうなっているかを十分に踏まえて行うべきであろう。

Ⅵ　牧水の破調・自由律を読む――『死か芸術か』『みなかみ』の世界

一

若山牧水が大正二年九月に出版した第六歌集『みなかみ』は、大正元年九月から翌二年三月までの作を収める。父親の病気の知らせをうけて、坪谷に帰郷している時期の作である。そして、この歌集は破調・自由律の歌を多く収めていることで知られる。

だが、周知のように、大正元年九月出版の第五歌集『死か芸術か』にすでに読点を積極的に用いた破調・自由律の作品が多く見られる。『死か芸術か』をまず見てみよう。この歌集は「手術刀」「落葉と自殺」「かなしき岬」の三章に分かれている。

「手術刀」七十三首は明治四十四年の晩夏から秋にかけての作を収める。園田小枝子との結婚問題はこの年の春には破綻が決定的となっていた。そして、秋には「創作」の発行元の東雲堂と編集上の意見が合わず、創作社を解散した。終刊号の十月号に「我等常にあたらしく生きざる可からず」と書いている。

眼《め》をあげよもの思ふなかれ秋ぞ立ついざみづからを新しくせよ
秋の入日、猿がわらへばわれ笑ふ、となりの知らぬ人もわらへる
眼の見えぬ夜の蠅ひとつわがそばにつきゐて離れず、恐しくなりぬ
手を切れ、双脚《もろあし》を切れ、野のつちに投げ棄てておけ、秋と親しまむ

これまでの潤いを感じさせる五七調の豊かな調べと違った文体の作である。一首目は「眼をあげよ／もの思ふなかれ／秋ぞ立つ／いざみづからを新しくせよ」と三か所で切れている。しかも命令形が三つである。でありながら、リズムが単調になっていないのは第三句の「秋ぞ立つ」が要《かなめ》のように働いているからだろう。「あたらしく生き」るための自己への命令を文体の面でも工夫して歌っている。

この一首に読点はないが、二首目以下は読点つきの歌である。二首目と三首目は自己戯画化を強調する読点と読める。四首目は「四・七・五・七・八」と初句と結句が破調である。一首目と同じく命令形が三つで、旧い手と脚を切り棄てて新しい秋を生きる覚悟を歌おうとしている。表現内容もさることながら、文体の面で「新しく」あろうとしていることに注目したい。どの歌人も強弱の差はあれ、生活と心情が文体に影響を与えるが、牧水の場合はそのことがきわめて顕著

である。「私の芸術の対象は全部『自己』そのものである」（『雨夜座談』）という信念からすればそれは当然であった。もちろん、同年代の歌人の作歌動向も変化をもたらした一因だったに違いない。明治四十三年には土岐哀果の『NAKIWARAI』や石川啄木の『一握の砂』などが出版されていた。哀果も啄木も親しい友人だった。

続く「落葉と自殺」百四十二首は明治四十四年秋から翌年の晩春までの作を収める。冒頭二首目に「自殺といふを夢みてありき、かなしくも浮草のごとく生きたりしかな」があり、切羽詰った生活状態であったことがわかる。大悟法利雄著『若山牧水伝』によれば、この時期は「牧水に最もひどい乱酔の続いた時代」であり、「酔っぱらって電車道の真中に寝込み電車を留めてしまったというので『電留朝臣《でんとめあそん》』という綽名をつけられた」のもこのころだった。

三章のなかで「落葉と自殺」がもっとも読点つきの歌が多く、半分近くである。そして、破調の歌が頻出する。先ほどの「自殺」の歌も初句は七音である。

秋、飛沫《しぶき》、岬の尖りあざやかにわが身刺せかし、旅をしぞ思ふ
わが身は地《つち》、畑《はた》のくろつち、冬の日の茶のはなのなどしたしいかなや
雨、雨、雨、まこと思ひに労れゐき、よくぞ降り来《こ》し、あはれ闇を打つ
浪、浪、浪、沖に居《を》る波、岸の浪、やよ待てわれも山降りてゆかむ
海は死せでありけり、青き浪ぞ立つ、いたましいかな砂にわが居る
死は見ゆれど手には取られず、をちかたに浪のごとくに輝きてあり

いずれも読点を用いた歌で、調べを切断している。そして、字余りが随所にある。一首目は初句「秋、飛沫、」の二か所の読点が力強い響きである。「秋飛沫」「秋の飛沫」ではこの力強さは出ない。語と語の間を切断することに牧水は快感をおぼえている。二首目は結句で口語を用いている。三首目と四首目は初句で「雨」と「浪」を繰り返している。盛んに降る雨、次々に打ち寄せる波を、視覚的かつ聴覚的に表現したものと言えよう。そして、下の句はともに雨と浪に対する親愛の情である。

五首目は自らはほとほと死にかけているが、海は死なないで生きて青い浪をたてているという歌であろう。五句三十一音の韻律で読めば「海は死せで／ありけり、青き／浪ぞ立つ、／いたましいかな／砂にわが居る」の六・七・五・七・七の調べで、初句は字余り、初句と二句の間は句またがり、二句は句割れということになる。読点にしたがい意味上で読めば十・八・七・七の破調というより自由律の調べになる。六首目は初句が余りである。「死見ゆれど」とすれば五音になるが、「死は見ゆれど」によって「死」が強調されている。その「死」は「輝きてあり」とあこがれのごとく歌われている。

これらの歌を作っていたころに牧水の書いた「雨夜座談」（『牧水歌話』所収）は従来の五七調に対する疑問を述べ、率直な自作解説になっている。

けれども、この五七調を喜ぶ所以は、他からひとりでに与へられた型ではあり、身辺悉く之によつて埋められてゐたため、他を知るの暇無く斯うなつたのではないかと疑へば疑ひ得る余地がある。私も唯だ比較的にこの五七調、就中《なかんづく》五七五七七の一形式を選んだだけで、これに強ち絶対の権威を認めてゐるのでは決して無い。（中略）

先づ何ともつかぬ不自由を感じ、ついでに斯ういふ事を疑ひ始めた私は近来漸く旧型の外に出た型に由つて我が謂ふ歌を歌ひはじめて居る。根本は矢張り五七、七五の調に出でてゐる様だが、時に或は長く、或は短く、要はその歌の内容が含める諧調に従つて終始してゐるものの如くである。

牧水は「その歌の内容が含める諧調に従つて終始する」と言っている。右に引いた「落葉と自殺」の作は切羽詰った生活の「内容」が反映していると言える。

じつは見落されがちなことだが「落葉と自殺」は読点つきの破調の歌ばかりではない。その一例を引こう。園田小枝子との恋が実らなかったあと、牧水は新しいパートナーを得て生活を立て直そうとする。その相手が長野県塩尻出身の太田喜志子だった。以前に太田水穂宅で一度会っただけだが心に残っていた女性だった。明治四十五年四月初めに塩尻の喜志子を突然尋ね、大胆に求婚し、自分の意志が受け入れられたと確信した。そのときの帰りの旅の歌が「落葉と自殺」にある。

枝もたわわにつもりて春の雪晴れぬ一夜《ひとよ》やどりし宿の裏の松に

ただ一羽山に鳥の啼くことも幹にわが影のうつるもさびしや
雪のこる諏訪山越えて甲斐の国のさびしき旅に見し桜かな
をちこちに山桜咲けりわが旅の終らむとする甲斐の山辺に
見わたせば四方《よも》の山辺の雪深み甲斐は曇れり山ざくら咲く

一首目、二首目、四首目に字余りの句はあるが、読点はどの歌もない。そして、落ちついて、しみじみとした味わいを感じさせる調べであることに注目したい。「さびし」と歌われているが、それはプロポーズした喜志子がかたわらにいない寂しさであろう。恋心を確かめる寂しさであり、切迫した調べにはなっていない。パートナーを得た「内容」にふさわしい平安の調べである。

最後の「かなしき岬」は一七一首を収める。明治四十五年五月から七月までの作である。喜志子と五月初めに結婚生活を始め、下旬には三浦半島の三崎に一人出かける。本当は二人で行きたかったのだが、経済的理由のため喜志子を置いての旅となった。そのときの百十一首がこの章の中心である。

雲深き岬へわたる古汽船《ふるぶね》のあとより起る夏の青浪
旅人のからだもいつか海となり五月の雨が降るよ港に
昼の海にうかべる月をかきくだき真青き鰭《ひれ》となりて沈まむ

海よ揺れよ詩人のいのち汝《いまし》よりつねに鮮かに悲しみて居り

颯爽として歌っている。読点の用いられた歌も一連にはあるが少数であり、多くは右の歌のように読点はない。高揚した思いの「内容」を表現するのに読点は邪魔なのである。牧水がどんなに高揚していたかは五月三十日に喜志子にあてた手紙を読めば一目瞭然である。「雨のうちに暮れ、雨のうちに明けた崎の港の五月の一夜、御身が愛人はたひらかに、はたうれはしくかなしく睡りを貪つた。／明日の朝は、遠い安房の岬からあらはれる五月最終の日の太陽ををがみ度い。その光線に浸つて島の岬に、浪に濡れて、御身の良人は、太陽と、海と、人生とを歌はねばならぬ。／最愛なる妻よ、浄きこころをもて、御身の良人の世にも清らかなることを信ぜよ」。気恥ずかしくなるほどである。

六月一日には帰京して二人の生活が再び始まった。経済的には困窮していたものの希望のある生活だった。このまま東京での生活を続けることができたら、破調の作品は「落葉と自殺」をピークにして終息したにちがいない。ところが、故郷坪谷の父親が重病との知らせを受けて牧水は帰らざるを得なくなった。そこに大胆な破調・自由律の第六歌集『みなかみ』が誕生した。

二

父の立蔵《りゅうぞう》が危篤との電報を牧水が故郷の家から受け取ったのは明治四十五年七月二十日であ

る。旅費を何とか工面して同月二十五日に家に帰りついた。帰りの船のなかで友人にあてた葉書に「父が病気だといふので遮二無二呼び戻されることになりました、くるしい郷里に、今年は秋を迎へねばなりますまい。（中略）何年かぶりに、九州の山をいま、眺めてゐます、なぜ、子供のやうな心になつて、歓ぶことができないのでせう」と書き記している。牧水は父親を深く愛していたので危篤と聞いて帰らずにいられなかったが、心の中は重たかった。家に帰り着くと父親の病気は心配していたほどではなかった。ただ、親不孝で甲斐性なしのこの長男めというわけで恐ろしい悪魔のように思われ、覚悟はしていたものの夜を日についでの家族や親族の罵倒には辟易せざるを得なかった。

そんな日々の揺れ動く心のなかで牧水は故郷の日々をマイナスにだけ考えないようになる。帰郷して二か月ほど過ぎたころの友人あての手紙に次のように書いている。「僕は相変らず、ぼんやりしてゐる、然しこのごろ、こんどの帰郷が単なる苦痛でなくて、僕の内外の生活、といふうちにも内生活、僕の芸術のために非常に有意義であつたことに気がついて、ひどく感謝してゐる。（中略）『死か芸術か』はまだ駄目だ、この次ぎあたりに出るものをばどうかして、僕の真個の芸術だと揚言したいものだと思つてる」。一時は故郷で就職することも考えつつ、しかし、希望はやはり東京の生活だった。妻喜志子も待っていた。上京の条件として家族や親族に東京からの毎月の仕送りなどを提案していた矢先に、父の立蔵が急逝した。十一月十四日のことである。父を連れての上京も考え、父はそのことを非常に楽しみにしていたのだった。そして、父が死去すると、母が弱気になり、牧水は母のことを案じざるを得なくなった。妻の喜志子を呼び寄せての坪谷での三人の生活も真剣に考えるようになるのである。

最終的には翌大正二年の五月十五日に母の許しを得て上京の途につく。約十か月間の坪谷での生活だった。『みなかみ』はこの間の作品五百六首を収めている。「故郷」「黒薔薇」「父の死後」「海及び船室」「酔樵歌」の五章に分かれている。

第一章の「故郷」は、帰郷した夏から秋までの百三十四首を収める。破調の歌は私の数えたところ百一首で、七割以上である。読点のついた歌は十数首ある。

ふるさとの尾鈴の山のかなしさよ秋もかすみのたなびきて居り
おお、夜の瀬の鳴ることよおもひでのはたとだえてさびしき耳に
寸ばかりちひさき絵にも似て見ゆれおもひつめたる秋の東京
くだもののごとき港よ横浜の思ひ出は酸く腐り居にけり
山河《さんが》みな古き陶器のごとくなるこのふるさとの冬を愛せむ

まず字余りや字足らずのない歌を引いた。一首目は歌集巻頭歌で、この歌を初めに掲げることで、以下の破調の歌が目立つ構成と言える。この歌を含む冒頭の十数首には破調の歌はほとんどない。右の二首目から四首目は章の中ほどにある。二首目は読点と句またがりを用いた上の句によって下の句の「さびし」さをより強めている。三首目、東京を「寸ばかりちひさき絵」とうたっているところに、東京と杜絶した心が巧みに表現されている。四首目は上二句の歌い出しが面

白いが、それは腐った「くだもの」という下の句の展開がさらに面白い。「酸く腐り居」る思い出すらなつかしがっている歌として私は読む。五首目は章の終り近くの作で、冒頭歌「ふるさとの尾鈴の山の」の歌と対応して歌っていると読むべきであろう。

形式通りの五七五七七の右の五首を私は秀作と思う。それでは一音ながら字余りのある歌から引きたい。

二階の時計したの時計がたがへゆく針の歩みを合はせむと父
父が猟《か》りしものなりと云ふ鹿の角《つの》真黒くすすけ宝石に似る
痛き玉掌《て》にもてるごとしふるさとの秋の夕日の山をあふげば
うちつけにものいふことをも恐れ居るその児をなほし憎みたまふや
血啜《すす》るとだにの児はだに這ふにや似む夕日の山をわが攀《よ》ぢのぼる
鶏《とり》ぬすむ猫殺さむと深夜《よふけ》の家に父と母とが盛れる毒薬
夕されば炉辺《ろへん》に家族《かぞく》つどひあふそのときをわれはもとも恐れき
わが窓に黒き幕来て垂れてあり汝《な》が生《よ》を静かにはぐくめよとて

一首目と二首目は、初句が字余りである。ともに字余りは初句を強調し効果をあげている。そして、一首目は結句の言いさしに作者の思いが出ている。ほとんど引かれることのない二首目は苦難の人生を生きている父親に対する愛情をたたえた殊に秀逸の作と考える。三首目と四首目は二句が字余り。三首目は針の蓆の上にいるような故郷の日々を鮮やかなイメージでうたっているが、二句の調べはやや弛んでいる。四首目の二句は「四・四」でなく「六・二」で読めば弛みが少ない。

五首目と六首目は三句が字余り。三句の字余りは一首全体の調べをこわしやすいが、五首目は三句で切れているので救われているか。六首目の字余りは「深夜の家」を強調して効果的であると思う。「深夜《よふけ》」の強調した表記も生きている。自分は他者の血を吸って生きる「だに」、毒を盛られても仕方のない泥棒「猫」だという苦しい自己認識の歌である。七首目と八首目は四句が字余り。長男としての責任を家族から問われる日々をうたった七首目、「そのときをわれは」の「は」は削った方がいい歌と思える。「は」のために四句が間のびしていると思うが、それは牧水の狙いだったか。自室をうたった八首目は「汝が生を静かに」の「を」を削った方が一首が引きしまる。ついでに言えば、牧水の部屋はもともと窓のない二階の部屋で灯がなければ真暗であり、この歌は自室以外をうたったか、あるいは心象かも知れない。

他に結句が字余りの歌もある。つまり、どの句も字余りに挑戦している。さらに二か所を字余りにした歌もある。

飲むなと叱り叱りながらに母がつぐうす暗き部屋の夜の酒のいろ
猫が踊るに大ぐちあけてみな笑ふ父も母も、われも泣き笑ひするどちらも初句と四句が字余りである。一首目は息子牧水に対する母親の愛憎のアンビバレンスを示す興味深い作で、結びに「酒のいろ」を持ってきたところが読ませる。初句七音は効果的で、初句の終りの「叱り」を二句の初めで繰り返してリズムをつくっている。二首目は「泣き笑ひする」の表現がポイントである。四句の九音の表現を読点を使って切断し、「われ」を強調している。

もっと大幅な字余りの歌もある。五句の半分以上の句が字余りで、そのため四十音前後になっている作を引く。私なりの五句の切れ目を斜線で示してみる。

憎まれ者の／われに媚びむと／するこころにや／わが部屋に鏡台を／置くといふ姪

薔薇《ばら》の花びらの／ごとく鮮やかに／起きてあり／薔薇の花びらのごとく／冷たき朝に

家に出づる／羽蟻の話も／案のごとく／この不孝者のうへに／落ち終りけり

わが朝夕の／生活《せいくわつ》をうすき／板のごとく／思ひて裏より／覗かむとする

梟のごとく／われを見守るもあり、／杜鵑《とけん》の如く／かすめ行くもあり、／悔ぞ群れたる

一首目、幼い姪が本当に牧水に媚びようとしたかどうかは分からない。「憎まれ者」牧水の僻みだったかも知れない。作品として面白いのは「鏡台」である。なぜ「鏡台」だったのか。自分自身の顔をよく見よという誰かの差し金だったか。調べは散文的である。二首目、「薔薇の花びら」を「薔薇の花」あるいは「花びら」としたりするだけで散文的な調べはほぼ解消されるはず

だが、敢えてそうしていない。散漫の感を否めない。三首目、四句がもっとも字余りである。「このわれのうへに」とすれば一音の字余りですむのだが、牧水は字余りになる「不孝者」の語をどうしても使いたかったのにちがいない。若山家では白アリの被害を含めて「ともかく長男がしっかりしていないからだ」という結論にすべての話が進み終ったのであろう。家のなかの様子をリアルに歌った作である。

四首目、自分の生活を「裏より覗かむ」の表現が心に残る。いったい自分はどんな生活をしているのか自分でも分からなくなっているのだ。初句の「わが」を削るだけで一首の調べは整うように思うが、牧水は「わが朝夕の」と字余りにしており、読者はそこにつまずく。五首目、「悔」を鳥のイメージでうたっているのは斬新と言えよう。そして、ポイントになる結句は七音で締めたのはいいと思うものの四句までが長すぎる。

三

続く第二章の「黒薔薇」は明治四十五年の晩秋から初冬にかけての九十九首を収める。ほとんどが破調の歌である。破調でない歌はわずか五首である。一例を引いてみる。

やうやくに馬の跫音《あおと》のきこえきぬ悲しき夜も明けむとすらし

脂肪にや額《ひたひ》の皮膚のこばれる或る冬の日の午後、多き蜂

髪延びし後頭部にも居るごとし、一疋の蜂、赤いろの蜂

一首目は悲しみのために眠れぬ長い夜がようやく明け始めた場面だろう。牧水の生家は道ぞいにあり、寝床に馬の足音が聞こえてきたはずである。朝を迎えて安堵した思いが定型で表現されている。二首目と三首目の蜂の歌は下の句に読点を用いて、調べを切断し意味を強めようとしている。三首目が面白い。頭のなかにうるさく飛びまわる蜂がいるのだ。自分を攻める赤い蜂がいるのである。

破調の歌が九十九首中に九十四首である。それも一句だけ字余りや字足らずという歌はわずか五首にすぎない。残りの八十九首は複数句が字余りや字足らずである。それも大胆な破調が多い。それらのなかから私が注目する魅力作を引きたい。

納戸の隅に折から一挺の大鎌あり、汝《なんぢ》が意志をまぐるなといふが如くに

まず「黒薔薇」の冒頭歌を引いた。五句として読むと、「納戸の隅に／折から一挺の／大鎌あり、／汝が意志をまぐるなと／いふが如くに」というのが私の読み方である。七・九・六・一二・七の四十音である。上の句すべて字余りだが、さほど気にならない。「納戸」「一挺」「大鎌」という名詞は速く読むことができるからだ。字余りはそもそも急ぎ気味に読んで調べをおのずから整えるのだが、その読みが内容の切迫感を強める。この上の句、大鎌を調べの面からも力

強く歌っている。四句ははなはだしい字余りで調べが緩んでいる。「汝が」を削って「意志をまぐるなと」にすれば八音となり読みやすくなる。だが、牧水はあえて「汝が」を入れて意味の面からも韻律の面からもポイントにしたのだ。重要なのは「汝」なのだと。ただ、この長い十二音は「汝が意志を／まぐるなと」の七・五のリズムになっており、その点は読みやすい。そして、結句が七音であることに注意を払いたい。四句の緩みを結句の定型の七音で引きしめるのである。この働きは一首の成否を決めるほどに大きい（実作者としてもそう思う）。「黒薔薇」の破調の歌でも結句は七音が多いのは、牧水なりの工夫だったのではないか。

大悟法利雄著『鑑賞　若山牧水の秀歌』は牧水作品を丁寧に読んでいて教えられる。ただ、この歌についての考えは私と違う。大悟法説を引いてみよう。

この歌は、五、七、五、七、七の五音三十一文字が各句とも字余りになった、七、九、六、一一、八という五句四十一音だと考えることが出来ないでもないが、それよりもやはり定型の枠の外に出てしまった、一つの新しい調子の歌と解する方が自然であろう。

下の句の音数の数え方が私と異なる。大悟法利雄の考えでは「汝が意志をまぐるな／といふが如くに」である。四句の字余りは一音減ったが、結句が一音の字余りとなった。それでは一首の調べを最後に引きしめる働きの結句が緩んでしまう。大悟法利雄と私の考えの違いの理由は明らかである。大悟法利雄は「定型の枠の外に出てしまった、一つの新しい調子の歌」と解するのに対し、私は大幅な字余りがある破調であるにせよ「定型の枠」の中の歌と読むからである。そのように読んで私には牧水作品の魅力がある。「定型の枠の外」に出た自由律的な作品は確かに「黒薔薇」にある。牧水自身が「定型の枠」を強く意識しながら、その「枠」に抗いつつも「枠」のなかにとどまるか、「枠」の外についに出てしまうか、悩み続けたはずである。そして、右の歌は辛うじて「枠」のなかにとどまった作に思える。結句をその証の一つとして考え、私はそう読みたい。

帰郷したあと、牧水は父母のために故郷にとどまるか、文学の志のために父母をおいて上京するか、二者択一を迫られていた。そして、心は前者の方に傾きかけていた。だからこそうたわれた作であり、四句に大幅な字余りになっても「汝が」の言葉を入れた理由であろう。鋭い大鎌は問いかけたのだ。文学の志を棄てて故郷にとどまって汝の生命は保てるのか、それでは鎌で首を切られた死体ではないのかと。

章のタイトルにもなっている、薔薇の歌から引いてみよう。私なりの五句の句切れを入れてみる。

静かにいま／薔薇の花びらに／来て息《いこ》へる／うすきいのちに／夜の光れり
虚しき命に／映りつつ真黒き／玉のごとく／冬薔薇の花の／輝きてあり
古びし心臓を／棄つるがごとく／ひややかに／冬薔薇のくれなゐに／ひとみ対《むか》へり
愛する薔薇を／蝕《むし》ばむ虫を／眺めてあり／貧しきわが感情を／刺さるるごとくに

わが孤独に／根を置きぬれば／この薔薇の／褪《あ》する日永久《とは》に／あらじとぞ思ふ

三十三音から三十九音までの破調の歌である。「真黒き玉」のような薔薇の花の輝きをいとしんでいる。「うすきいのち」「虚しき命」の自分にはこの輝きが必要なのだとうたっている。そして、「薔薇」の語の用いられた句は五首目をのぞいてすべて字余りである。その五首目は「わが孤独」が薔薇の花を輝かせるのだと、他の「うすきいのち」「虚しき命」の歌とは違い、意志的である。字余りは初句と結句だけで、他の四首に比べると定型に近い。

「黒薔薇」の章も七十首目あたりからは口語が積極的に用いられている。

全く自由な／絶対境が／ないものなら、／斯うして眺むる／薔薇はうつくしいと思ふまに／薔薇がはらはらと／散つた、朝／久しぶりに凭つた／暗い机に

破調だけでは満足せず、より新しい文体を目指しての試行である。伝統の定型からも文語からも「自由な絶対境」を求めようとしていたのである。そんな「自由な絶対境」ははたしてあるのか。牧水は「定型の枠」の外に出るしかなかった。私のように「黒薔薇」の作品を「定型の枠」の中で読んできた者もそれを認めざるを得ない作品が登場するのである。

さうだ、あんまり自分のことばかり考へてゐた、四辺《あたり》は洞《ほらあな》のやうに暗い

無論さうして働いてうまい物を食ふのもいい、さうしてゐ給へ、君はほんとに健康《じやうぶ》さうだ

二首引いた。一首目は「さうだ、あんまり／自分のことばかり／考へてゐた、／四辺は洞の／やうに暗い」、二首目は「無論さうして／働いてうまい物を／食ふのもいい、／さうしてゐ給へ、／君はほんとに健康《じやうぶ》さうだ」と五句に切って読めないこともないが、短歌の調べとして成り立たないように思える。一つは結句が七音でないためと思う。上の句の破調を受けとめきれていないので不安定のまま作品が終了している。

さうさ、鼹鼠《むぐらもち》のやうに飲んでやる、この冬の夜《よ》の苦い酒
真黒な布《きれ》で部屋を張りつめ、椅子も机も、服までも黒くしたい

「黒薔薇」の章はこの二首で終る。暗い絶望的な内容の歌である。故郷と東京の狭間にあって自分の心を自分で決められぬ不如意、加えてその不如意を定型でも破調でもまた文語でも口語でも表現できない不如意。この二つの不如意が牧水を日々暗澹とさせていたのだと私は考える。「黒薔薇」の章のあと「父の死後」「海及び船室」「酔樵歌」の三つの章がある。いずれも破調の歌を多く含むが、過度の破調、自由律、口語の使用という大胆な試行は「黒薔薇」の章がピークである。「海及び船室」の中から一首だけ引きたい。

日本語のまづしさか、わがこころの貧しさか海は痩せて青く光れり

父の病気の知らせをうけて坪谷に帰郷した牧水は、自分の中にひそむ故郷と闘い、そして故郷と闘うように文語定型と闘った。が、その結果は「痩せ」たものでしかなかったという思いが強かったと思われる。そして、それは「日本語のまづしさ」ゆえなのか、「わがこころの貧しさ」ゆえだったのかと自問したのだった。

〔付記〕

二〇一四年五月に、牧水が歌集『みなかみ』の原稿を浄書した（正しくは浄書しようとした）瀬戸内海の岩城島《いわぎ》を訪れた。大正二年当時、岩城島には若い友人の三浦敏夫がいて、上京の途中の牧水を数日間滞在させてくれたのである。三浦家はかつて島本陣の立派な家で、今も「郷土資料館」として保存されていた。その三浦家での滞在の日々については、牧水の随想「島三題」の「その二」に詳しい（『樹木とその葉』所収）。牧水の居間となった離宅《はなれ》は「海の中に突き出た様な位置に建てられ、三方が海に面してゐた」。その部屋で帰郷中の坪谷においてノートに書きとめていた自作を見て驚いたという。「ツイ、僅かばかり前に一生懸命して自分で作つておきながら、いま改めて見直すとなつて殆んど正体なく驚いたのである。どうしてあんなに驚いたのか今考へればわれながら可笑しいが、とにかくに驚いた。ほんの数日ではあつたが、郷里を離れてさ

うした島の特別にも静かな場所に身を置いたため、前と後とで急に深い距離が心の中に出来てゐたのかも知れぬ」と記している。どうしてそんなに「ほんの数日」前の自分の作に驚いたのか。私は、海から距った坪谷と、周りを海に囲まれた岩城島という、「場所」の相違が牧水の心理に影響をもたらしたにちがいないとも思う。「場所」とはそれほど重要なのである。歌稿の浄書は三浦敏夫が手伝ってくれて無事できあがるのであるが、もし牧水が故郷を出てそのまま東京に向かっていたら、『みなかみ』はよほど違った内容になっていたかも知れないと空想する。

Ⅶ　何故に旅に——牧水の場合

一

若山牧水は旅の歌人と言われる。生涯に数多くの旅に出かけ、旅先で歌をよく詠んでいる。牧水の高弟であった大悟法利雄の調査によれば、生涯の九分の一、学校を出て社会人になってからの五分の一を旅に過し、旅の歌は全作品の三分の一以上になるという。(注1)なるほど旅の日数も作品も多い。旅の歌人のネーミングは当然と思える。

だが、牧水が旅の歌人と呼ばれる本当の理由は別にあると私は考える。その理由は二つある。第一は、旅することにはどんな意味があるのか、人はなぜ旅するのかということを根本的に考えさせてくれる歌人であることである。牧水みずから歌っている。

なにゆゑに旅に出づるや、なにゆゑに旅に出づるや、何故《なにゆゑ》に旅に　『死か芸術か』

牧水の二十八歳のときの一首である。「なにゆゑに旅に」の繰り返しは自問自答の深さをものがたっているが、ことに結句の字余りの五・三音の調べは切迫感を感じさせる。旅に出たいと思って望みどおりに旅に出かけ、そして旅しながら自分の旅を顧みて問うている。伝統的な歌枕や名所旧跡を訪れるという明確な目的をもった旅にはこんな心は生じない。それらの旅に比べれば、牧水の旅はしばしば自由で無目的であり、したがって旅程の変更は繰り返しなされる。

とすれば、旅は人生に似ている。人間はこの世に無目的に誕生し、手さぐりしながら日々を生きるのであるから。牧水は第二歌集『独り歌へる』の「自序」に次のように書いた。

私は常に思つて居る、人生は旅である、我等は忽然として無窮より生れ、忽然として無窮のおくに往つてしまふ、その間の一歩々々の歩みはその時のみの一歩々々で、一度往いては再びかへらない、私は私の歌を以て私のその一歩々々のひびきであると思ひなして居る、言ひ換へれば私の歌はその時々の私の命の砕片である。

牧水が旅の歌人と呼ばれる第二の理由はここにある。つまり、人生を旅と観じていたことである。旅は人生の縮図であり、そこに醍醐味があったに違いない。

二

若山牧水は明治十八年に現在の宮崎県日向市東郷町坪谷《つぼや》に若山立蔵《りゅうぞう》、マキの長男として生れ、繁と命名された。坪谷の地名の由来は「当地域の中心地である山陰《やまげ》よりみてさながら壺の形に似て入口が小さく奥が広いことから、坪谷といわれたのであろう」(『角川日本地名大辞典・宮崎県』)という。中世の坪谷は伊東氏、大友氏、島津氏と支配者がつぎつぎに代わる。ということはこの地域が争乱の地だったということである。江戸時代になると、延岡藩領に入る。そして、坪谷の人びとも参加した有名な元禄三年の山陰一揆の後には幕府領となる。坪谷の気風はファイティングスピリットにあふれ自立の精神が強い。

ただ、若山家はもともと坪谷ではない。牧水の祖父の若山健海《けんかい》が移り住んだのである。健海は今の埼玉県所沢市に文化八年に生れている。十代後半で江戸に出て生薬屋に奉公したのち、長崎で西洋医術を学んでいる。それらの経歴は「若山牧水記念文学館」に保存されている健海による「種痘人名簿」に記されている。では、なぜ日向に来たのか。日向出身の友人が江戸にいて勧めた。そして日向に行き、その友人の一族の娘と結婚している。牧水の祖母カメである。健海の号にも着目したい(本名は吉五郎)。つまり、海という字が入っていることである。故郷の所沢は海がない。長崎など九州で海の魅力を知り、友人の勧めを思い出して日向に来たということが考えられる。実際、健海ははじめ細島か美々津という日向の海岸近くに住むことを計画していた。しかし、日向出身の友人が坪谷の近隣を故郷としており、そこを訪れるうちに坪谷に住んで医院を開いた。予定を変更する、自由な行動である。この祖父を牧水は尊敬していた。「おもひでの記」に「祖父の事」と題し詳しく書いているが、そのなかに次のような一節がある。

　当時蘭学または洋医学を修めたと云へばかなりに大したものであつたに相違ないが、それがどうして日向の様な田舎へ引き籠つたか不思議である。（中略）彼は日向に居着いてからも一度も郷里へ帰らなかつたばかりでなく、音信すら為さなかつた。

そして健海は坪谷で人生を終えた。「なにゆゑに旅に出づるや、なにゆゑに旅に出づるや、何《なに》故《ゆゑ》に旅に」は健海の生涯を歌った作とも読むことができる。

牧水は健海の血筋を引いているとも言えるが、そのことはいま措く。ただ、自分が坪谷に代々続く家の子でなく、他国者の子であることはその意識に大きな影響を与えている。「おもひでの記」の「濡草鞋」は次のような書き出しで始まっている。

　「濡草鞋を脱ぐ」といふ言葉が私の地方にある。他国者が其処に来た初めに或家を頼つて行く、それを誰は誰の家で濡草鞋をぬいだといふのである。その濡草鞋をぬいだ群が私の家には極めて多かつた。

　私の家自身が極く新しい昔に於て濡草鞋党の一人であつたのだ。それかあらぬか、私の村付近に入り込む者は殆んど悉く先づ私の家を頼つて来た。

つまり、牧水は若山家を「濡草鞋党」と自己認識していたのである。坪谷には「濡草鞋党」が多かった。坪谷の古老がある座談会で「坪谷の人たちは豊かだったんだろうと思うんです。例えば鉱山がある、木材など金になる物がたくさんある、だからよそから人が寄ってくる。どちらにも計算はあったんでしょうけど、温かく迎える気風があったと思います」「坪谷地域には濡れ草鞋の人が多いとですよ」と語っている。(注2)

「濡草鞋党」のなかには詐欺師のような者もいた。欺かれる村びともいた。健海のあとを継いで医者となった牧水の父立蔵もその一人だった。祖父の作った財産をなくし、そのため若山家は自らが「濡草鞋党」でありながら彼らに警戒の目をむけた。牧水の母マキがことにそうだった。そんな家にあって牧水はどんな子どもだったか。

母の朝夕の嘆きを眼の前に見てゐるので理も非もなく彼等をよくない人たちだとは思ひながら、私は知らず知らず彼等他国者に馴付《なつ》いてゐた。彼等はまた方便として私を可愛がつて呉れたのであらうが、兎に角に私は自分の村の誰彼よりもさうした人たちをみな偉く、且つなつかしく思つてゐた。(中略)いま思へば彼等はみないはゆる敗残の人々であつたのだ。そして私は彼等の語る世間話と、いつとなく読みついてゐた小説類とで、歳にはませて早くも世間といふものを空想することを覚えてゐた。ちやうどそれはをりをり山の頂上から遥かに光つてゐるものを望んで、海といふものを空想してゐたと同じ様であつたらう。

「濡草鞋」の結びの文である。「自分の村の誰彼よりも」他国者の方を「偉く、且つなつかしく」思っていたという少年牧水。後年の旅人牧水の姿がすでにある。

人に旅の心を抱かせるものは一体何だろうか。生育環境で説明できるものだろうか。民俗学者の赤坂憲雄は「近代の旅、牧水の旅」と題した講演(注3)で牧水について次のように語っている。長くなるが引きたい。

旅人達、僕は旅師というふうに名付けています。旅をせざるを得ない、旅に生きることしか、それに拠ってしか自分の生命とか命を賄えることができない人達がいる。もちろん(牧水の旅は)山頭火の旅とは全然違いますね。けれどもやはり病気だよなと思いますね。ただ病的な病気ではなく、変な言い方ですけど健康な病気だ、そういう印象もどこかにありますね。(中略)

私も民俗学者の端くれでもありますから、おじいちゃんおばあちゃんにも聞き書きをずーっとしてきましたけども、確かに居るんですね、旅をしなくては生きていけない、そういう人達が居る。その人達の聞き書きをしてると楽しいんですけども、どっかでひりひりと不安に苛まれていく。(中略)

彼(牧水)の家が、草鞋を脱いで、旅人達を、よそ者を迎え入れるそういう家だった。だから牧水は、子供の頃からそうしたよそ者の旅人達に触れていた。近世のとても有名な旅人に菅江真澄という人がいますけども、彼もどうやら、そうした濡れ草鞋を脱ぐ家の生まれなんですね。ですから小さい頃からそうした旅人達の姿を見て、子供が大人になっていく。そして大人になった頃には、自らも漂泊の旅へと出てしまう。

赤坂憲雄ははっきりと「旅に生きることしか、それに拠ってしか自分の生命とか命を賄えることができない人達がいる」と語っている。その人達の心を血筋や生育環境、あるいは時代背景からある程度は説明できるかも知れない。しかし、それで根本的な答えを導くことができるだろうか。旅とは何かを問うことは人間とは何かを問うことである。

三

作品を通して牧水の旅の心を探ってみたい。まずは旅そのものを歌った作を引く。

けふもまたこころの鉦《かね》をうち鳴《なら》しうち鳴しつつあくがれて行く
幾山河越えさり行かば寂しさの終《は》てなむ国ぞ今日も旅ゆく
白鳥は哀《かな》しからずや空の青海のあをにも染まずただよふ

『海の声』

一首目と二首目の初出は「新声」の明治四十年八月号で、「旅人」と題する十五首のなかの二首である。早稲田四年生の夏休みに帰省する旅を歌った、この一連の構成で注目されるのは、前半の五首は旅そのものをイメージした作、後半の十首は具体的な場所や風景を歌いこんだ作という二部構成になっていることである。その前半五首の冒頭作、つまり一連の巻頭歌が右の一首目である。表題の「旅人」の心そのものを歌おうとした作と読める。「あくがれ」の語が重要である。「あくがれ」の語の「あ」は「在《あ》」、「く」は「処《く》」、がれは「離《が》れ」の意であり、「心身が何かにひかれて、もともと居るべき所をさまよう意。後には、対象にひかれる心持を強調するようになり、現在のアコガレに転じる」（『岩波古語辞典』）。牧水の中学四年の日記に「あくがれ」の語が使われており、早くから愛していた語であることがわかる。そして、大学に入学した後は次のような歌は当然読んでいたにちがいない。

ものおもへば沢の蛍もわが身よりあくがれ出づる魂《たま》かとぞ見る　『後拾遺集』　和泉式部
あくがるる心はさてもやまざくら散りなんのちや身にかへるべき　『山家集』　西行法師

牧水は旅の心の根底に「あくがれ」があるとみずから歌った。では、何が牧水に「あくがれ」を抱かせたか。人間の有限性の意識である。先に引いた『独り歌へる』の「自序」に「我等は忽然として無窮より生れ、忽然として無窮のおくに往つてしまふ、その間の一歩々々の歩みはその時のみの一歩々々で、一度往いては再びかへらない」とあった。「無窮」の宇宙を生きる有限の自己の自覚が、「無窮」の姿の自然を求めて、あるいは共に有限の生を享けている生命《いのち》を求めての旅を促した。

人口に膾炙した二首目の「幾山河」の歌も「あくがれ」の歌と読める。「あくがれ」を抱きそれが十全に満たされないから人の「寂しさ」は終わることがない。同じく人口に膾炙した三首目の「白鳥」の歌も、一面の青の世界に染まらず白を貫きただよう鳥の姿も「あくがれ」のそれであろう。

次に、「旅人」の語が用いられている作。

旅人は松の根がたに落葉めき身を横たへぬ秋風の吹く　『路上』

投げやれ投げやれみな一切《いっさい》を投げ出《いだ》せ旅人の身に前後あらすな
旅人のからだもいつか海となり五月の雨が降るよ港に　『死か芸術か』

一首目と二首目は明治四十三年の「九月初めより十一月半ばまで信濃国浅間山の麓に遊べり、歌九十六首」の詞書をもつ一連のなかの二首である。他に「旅人」の語を用いた歌を六首含む。そして、どの歌も「旅人」は一人称「われ」のことである。しかし、牧水はこれら八首において「われ」と歌わなかった。一人称の「われ」を消し去るところにこれらの歌の意味はあった。近代的自我を思わせる「われ」の語を遠ざけ、「無窮」の宇宙を生きる有限の小さな生命として「旅人」と呼んだのである。一首目、「落葉めき身を横たへぬ」の表現には木々の葉となんら変わることのない存在として自分を歌っている。「われは」と歌うことがおこがましいような心持が感じられる。二首目、「無窮」の宇宙の前に一切を投げ出すのが「旅人」だと歌っている。「われ」をも投げ出す必要があるのだ。

三首目は明治四十五年の「五月の末、相模国三浦半島の三崎に遊べり、歌百十一首」の詞書をもつ一連のなかにある。雨の降っている港で海を見ているうちに自らの「からだ」もいつしか海になったというこの歌は、「われ」を消し、そして「旅人」すらを消し去っている。もちろん、この一首の背景には海に対する「あくがれ」がある。山村に育った牧水は先に引いた「濡草鞋」の文に記されていたように少年時代から「山の頂上から遥かに光つてゐるものを望んで、海といふものを空想してゐた」のである。

海に対する「あくがれ」の作を引く。

大海のしづかなる香ぞおもほゆる穂薄月夜岡に立てれば　「歌集補遺」
秋かぜの信濃《しなの》に居りてあを海の鷗をおもふ寂しきかなや　『路上』
浪、浪、浪、沖に居る波、岸の浪、やよ待てわれ《を》も山降りて行かむ　『死か芸術か』

一首目は二十一歳の時の作。秋の薄が月光に銀色に輝いているのを見て突然に海の香を想っている。薄の穂が波のかたちに見えたからという理由だけでは説明のつかない上の句の切実さである。二首目は秋の美しい信濃に満足しつつ一方で海の鷗を想っている。そしてそんな自分の二面性を「寂しきかなや」と嘆じている。三首目の海の浪に対する情熱的な呼びかけが印象的である。牧水にとって海は「無窮」の宇宙の象徴的な存在に思えていたのに違いない。

それに対して、山の生きものは共に有限の生を享けている者同士として心から親しい存在だった。山村の坪谷に育った牧水にとって幼なじみに等しかったと言っていい。樹と鳥を歌った作を引く。

山に入り雪のなかなる朴《ほほ》の樹に落葉松《からまつ》になにとものを言ふべき　『死か芸術か』

或時はひとのものいふ声かとも月の夜ふけの葉ずれ聞き来　『さびしき樹木』

啼く声のやがてはわれの声かともおもはるる声に筒鳥は啼く　『くろ土』

一首目は長野県から山梨県へと山越えしているときの作である。雪に埋れながら春先に出す芽を大事に育てている朴の樹や落葉松にどんな言葉をかけてやったらいいだろうかと頻りに想っている。厳しい寒さのなかでそれぞれ孤独に耐えているさまに生命《いのち》を深く感じている。二首目は東京の自宅での作。この歌の前に「軒端《のきば》なる欅の並木さやさやに細葉さやぎて月更けにけり」があり、欅の木の葉がすれあう音であることがわかる。ただ、葉ずれの音が人の声に似ていたという読みだけでは理解が浅いだろう。欅の葉が、欅の樹が自分に話しかけてきたと牧水が思ったという鑑賞の方が適切に思える。三首目は比叡山の山上での作である。鳥の声は古くから歌われてきたが、鳥が鳴いている声を聴きながら自分が鳴いているのではないかと歌った作が過去にあっただろうか。

そして、牧水の旅は人びととの出会いを求め楽しむ旅でもあった。無名の人びととの出会いを自らも無名の一人として求める旅だった。

やよ老人《らうじん》、いま船室には君とわれのみ我がさかづきをねがはくは受けよ　『みなかみ』

やと握るその手この手のいづれみな大きからぬなき青森人よ　『朝の歌』

先生のあたまの禿《はげ》もたふたけれ此処に死なむと教ふるならめ　『山桜の歌』

一首目、鹿児島から宮崎に船で帰るときに老人に「一緒に飲みませんか」と親しく呼びかけている。二首目、憧れて訪れた青森でエイヤッと力強く手を握り、北の国の人びとに出会った感動を手の大きさで表現している。三首目、いわゆる「みなかみ紀行」の旅の一首で、山村の小学校の先生に対するオマージュを温かいユーモアで歌っている。

このような旅を続けたが、牧水は家が厭で旅に出たのではなかった。家と家族を深く愛していたにも拘わらず、旅に出たのだ。牧水には妻と四人の子がいた。西行や芭蕉のような独り者ではなかった。

妻や子をかなしむ心われと身をかなしむこころ二つながら燃ゆ　『秋風の歌』

真白なるふとりじしなる双《もろ》かひなむなしく床にありかわぶらむ　『砂丘』

人妻のはしきを見ればときめきておもひは走る留守居する妻へ　『黒松』

一首目、自らの二面性をまことに率直に歌った作である。どちらも「燃ゆ」というところが牧水らしさなのだ。二首目、家を離れて妻を想う作である。このとき牧水が三十一歳、妻の喜志子は二十八歳。三首目はその八年後の作で旅先で慕わしい人妻に出会うと、家で留守居をしている妻が急に恋しくなると。

そんな夫のことを喜志子は「やみがたき君がいのちの飢《うゑ》かつゑ飽き足らふまでいませ旅路に」（『筑摩野』）と歌い、また「いそいそと大地踏みならし来る君の足《あと》の音より世に恋しきはなし」（『白梅集』）と歌っている。夫の心の二面性を理解した最良の妻であった。

最後に、牧水が旅について語った文章を「草鞋の話　旅の話」（『樹木とその葉』）から引く。

それにしてもどうも私には旅を貪りすぎる傾向があつていけない。行かでもの処へまで、われから強ひて出かけて行つて烈しい失望や甲斐なき苦労を味ふ事が少なくない。（中略）つくづく寂しく、苦しく、厭はしく思ふ時がある。何の因果で斯んなところまでてくてく出懸けて来たのだらう、とわれながら恨めしく思はるる時がある。

それでゐて矢張り旅は忘れられない。やめられない。これも病気の一つかも知れない。

赤坂憲雄は「健康な病気」と言った。旅を続けるしかない。そして、旅しながら、「何の因果で」旅を続けているのか問うしかない。その問いをしっかり持ち続け、安易な答えを出さなかったところに牧水らしさがある。

終りたる旅を見かへるさびしさにさそはれてまた旅をしぞおもふ　『路上』

（注1）大悟法利雄「牧水と旅」『若山牧水新研究』　昭和五十三年　短歌新聞社
（注2）座談会「坪谷と牧水を語る」「牧水研究」第六号　平成二十一年　鉱脈社
（注3）講演録「近代の旅、牧水の旅」「牧水研究」第十号　平成二十三年　鉱脈社

Ⅷ ターニングポイントの花——牧水と山桜

一

天孫のニニギノミコトは高天原から筑紫の日向《ひむか》の高千穂の霊峰に天降った。そして、笠沙《かささ》の御《み》前《さき》で美しいコノハナノサクヤビメに出会った。「神話の国」宮崎ではそれは西都《さいと》市になっており、二人の出会ったという逢初川《あいそめかわ》が今も流れている。コノハナサクヤビメは山の神オオヤマツミノカミの娘で、木の花の神、そしてサクラの文字は用いられていないものの桜の花の神であると考える人が多い。それだけ日本人は桜を愛するからであろう。ついでながら、宮崎市にコノハナサクヤビメを祀る木花《きばな》神社がある。同じ宮崎市の青島神社はニニギノミコトとコノハナノサクヤビメの子のホオリノミコトいわゆる山幸彦を祀っていて有名であるが、海岸近くの檳榔樹群は不思議なことに海にむかって幹を曲げている。普通なら潮風を受けて海と反対方向に幹を曲げるはずなのに、これはホオリノミコトの母を祀っている木花がそちらの方向にあるからであり、母恋いの心の表れだと地元の人びとは言っている。

さて、『万葉集』の桜の歌である。『万葉集』の花と言えば、梅の花を思う人が多いだろう。確かに歌の数も桜より梅の方がかなり上回っている。桜と文学との関わりについて、小川和佑著『桜の文学史』は教えられることの多々ある本であるが（小川には他に『桜と日本人』等の著書もある）、その中に『万葉集』の桜と梅について次のように述べている個所がある。

『万葉集』中の百六十六種の植物中、最も頻度の多いのは平城京を囲む山野に自生していた在来種の植物であるハギ（萩）であり、第二位は中国からの渡来植物のウメ（梅）であった。さくらは第八位で、ウメの百十八首に対して四十二首と半数以下なのだが、ウメに寄せる天平びとの思いは、明治の詩人たちのアカシアや、現代の都会人たちのアメリカハナミズキに対するような先進文明国に対する憧れといってよいだろう。

数字の上から万葉人の美意識が梅に遍在していたということは、ある種の誤認であろう。唐からもたらされたこの樹は花樹である以前に果樹である。果樹の花を観賞するのではなく、純粋に花樹を観る美意識があっての上ではじめて成立するものなのだ。わたしたちは、すでに花のみを観賞する文化を持っていたからこそ、梅花をも桃花をも詩情を触発する対象と見た。

それよりも、四十二首のさくらの歌はさくらが文学の主題として、もはやゆるぎなく和歌の

宇宙に根をおろしたことに注目せねばなるまい。（第二章「古代に咲く」より）

桜びいきだと言う人もあるかも知れないが、『万葉集』の時代も人びとが桜を深く愛したことは小川和佑の指摘する通りであり、『万葉集』の桜の歌が何よりそのことを証している。古代の人びとは、先ず山の桜を眺めて楽しんだ。その山は照葉樹林の生い繁った山だった（ついでながら言えば、照葉樹は常緑広葉樹であり、落葉樹の桜は異質また孤独の樹である。照葉樹林における他国者と言っていいだろう）。長歌の一節を二首から引く。

・天降《あも》りつく　天《あま》の香具《かぐ》山　霞立《かすみた》つ　春に至《いた》れば　松風に　池波立ちて　桜花《さくらばな》　木の晩茂《くれしげ》に　奥辺《おきへ》には　鴨妻呼《かもつまよ》ばひ……（巻三　二五七）

・……天《あめ》の下《した》　知らしまさむと　八百万《やほよろづ》　千年《ちとせ》をかねて　定めけむ　平城《なら》の京師《みやこ》は　かぎろひの　春にしなれば　春日山《かすがやま》　三笠の野辺《のへ》に　桜花　木《こ》の晩《くれ》ごもり　貌鳥《かほとり》は　間《ま》もなく数鳴《しばな》く……（巻六　一〇四七）

一首目は鴨君足人《かものきみのたりひと》の「香具山の歌」の長歌、二首目は田辺福麿の「寧楽《なら》の故郷を悲しびて作る歌」の長歌の一節である。引用は中西進訳注『万葉集』による。（以下同じくである）「桜花　木の晩茂に」「桜花　木の晩ごもり」と歌われており、少し距離をおいて眺める照葉樹林の山の茂みに見える桜である。

実は若山牧水が故郷の坪谷で桜に初めて出会った体験は、万葉人のそんな体験と似かよっていた。仰ぎ見た山の茂みの桜の思い出を牧水は次のように書いている。

私は日向の国尾鈴山の北側に当る峡谷に生れた。家の前の崖下を直ぐ谷が流れ、谷を挟んで急な傾斜が起つてほぼ一里に渉り、やがて尾鈴の嶮しい山腹に続いて居る。

この山は南側太平洋に面した方は極めてなだらかな傾斜をつくり、海抜四千何百尺かの高さから海に向つて遠く片靡《かたなび》きに靡き下つてゐるのであるが、私の生れた村に臨んだ側は殆んど直角とも言ひ度い角度で切り落ちた嶮峻な断崖面をなして聳えて居る。無論岩骨そのままの山肌で、見るからにこごしい姿であるが、その割には樹木が深い。伐り出すにも伐り出せないところから、いつとはなしに其処に生《は》えたいろいろな樹が昔のままに芽ぐみ茂つてゐるのであらう。村人に聞くと樅《もみ》の木など最も多いといふ事である。そして春になると其処に意外に多くの山桜の咲き出すのが仰がれた。（中略）

尾鈴からその連山の一つ、七曲峠《ななまがりたうげ》といふに到る岩壁が、ちやうど私の家からは真正面に仰がれた。幾里かに亙《わた》つて押し聳えた岩山の在りとも見えぬ襞々にほのぼのとして咲きそむる山ざくらの花の淡紅色は、躍り易い少年の心にまつたく夢のやうな美しさで映つたものであつた。そんな山だけに樹といふ樹は大抵年代を経た古木であつたに相違ない。うすべに色に浮んで見ゆるその山ざくらの花は多くふくよかな円みをもつてゐた。枝を張り渡した古木にみつちりと咲き静もつてゐる花のすがたであつたのだ。その円みをもつた一団の花一樹の花が、うす黒い岩山の肌に其処此処に散らばつて見渡さるる。北側だけに、山腹にはおほく日が昃《かげ》つてゐた。そのうすら冷たい日蔭に在つてもなほこの花だけはほのかに日の光を宿してゐるかの様に浮き出でて見えたのであつた。

「追憶と眼前の風景」大正十年刊『みなかみ紀行』所収

奈良の都で万葉人が眺めた山と、日向の坪谷で牧水が眺めた山はすっかり同じではないが、「樹といふ樹は大抵年代を経た古木」そして「枝を張り渡した古木にみつちりと咲き静もつてゐる花のすがた」は共通している。

『万葉集』の桜の歌をもう少し見てみよう。

嬢女《をとめ》らが　挿頭《かざし》のために　遊士《みやびを》が　蘰《かづら》のためと　敷《し》き坐《ま》せる　国のはたてに　咲きにける　桜の花の　にほひはもあなに

（巻八　一四二九）

反歌

去年《こぞ》の春逢へりし君に恋ひにてし桜の花は迎へけらしも

（巻八　一四三〇）

この二首、若宮年魚麿《あゆまろ》の作という。長歌の中西進訳を記す。「少女たちがかざしにするように、また風流の士がかずらにするように、大君の統治なさる国の果てまで咲いている桜の花の、美しさよ、ああ」。反歌の方は、「去年の春お逢いしたあなたに、一年を恋うて来た桜の花は、今こそお逢いできたらしいよ」。二首とも桜を擬人的に表現していることが私には愉しい。もっとも、擬人的という言い方は後の「文明」的な言い方であろう。人でないものが、人の心をもつように擬するというのは。桜には桜の心がある。アニミズムは日本の伝統的な精神の一つである。桜が少女のかざしや男のかずらのために咲き、人に恋して咲くというのは、レトリックとしての「擬人的表現」をこえた深い味わいを感じる。もう一首引こう。

桜花時《とき》は過ぎねど見る人の恋の盛《さか》りと今し散るらむ　（巻十　一八五五）

「花を詠める」の題詠のなかの一首である。中西進訳「桜の花は、まだ散る時期ではないが、見る人の恋しさの盛りが今だとて、散るのだろうか」。そして注で「恋の盛りと桜は自分で思って。今をすぎると世人の自分への恋心が衰えを見せると考えて」と述べている。やはり「擬人的表現」の一首と言われるだろうが、それにしても何とけなげで、可憐な桜の花であろう。桜の花の心と気持を通わせていた万葉人を想う。

『万葉集』から最後に有名な「桜児《さくらこ》」の歌を引いておこう。最も美しい女性に「桜児」と命名したところに当時の人びとの桜に対するオマージュを読みとることができる。まず由縁《ゆえん》が次のように記されている。

昔者《むかし》娘女《をとめ》ありき。字《あざな》を桜児《さくらこ》と曰《い》ふ。時に二《ふたり》の壮士《をとこ》あり。共にこの娘《をとめ》を誂《あとら》ひて、生《いのち》を捐《す》てて格競《あらそ》ひ、死を貪《むさぼ》りて相敵《あた》る。ここに娘子歔欷《なげ》きて曰はく「古《いにしへ》より今に至るまで、聞かず、見ず、一《ひとり》の女の身の、二つの門《かど》に往適《ゆ》くといふことを。方今《いま》、壮士《をとこ》の意《こころ》和平《にき》び難きものあり。妾《わ》が死にて、相害《あひそこな》ふこと永く息《や》まむには如《し》かじ」といふ。すなはち林の中に尋ね入りて、樹に懸《さが》りて経《わな》き死にき。その両《ふたり》の壮子《をとこ》哀慟《かなしび》に敢《あ》へずして、血の泣《なみだ》襟《ころものくび》に漣《なが》れ、各々《おのがじし》心緒《おもひ》を陳《の》べて作れる歌二首

中西進訳を記す。「昔一人の少女がいた。名を桜児といった。その頃二人の若者がいて、ともどもに桜児を恋しく思った。命を捨てて競い合い、死も恐れずに争い合った。そこで桜児が涙を流していうには『昔から聞いたことも見たこともない。一人の女が二人の男の許に嫁《か》したということを。今、二人の青年の心は鎮めようもない。私が死んで争いのおわるのが一番よいのだ』と。桜児はそのまま林の中に分け入り、木の枝に首を吊って死んでしまった。二人の男は悲嘆のあまり血の涙を襟《えり》に流し、それぞれ思いを述べて作った歌、二首」。

その二首とは次の二首である。

春さらば挿頭《かざし》にせむとわが思《も》ひし桜の花は散りにけるかも　（巻十六　三七八六）

妹が名に懸《か》けたる桜花咲かば常にや恋ひむいや毎年《としのは》に　（巻十六　三七八七）

それぞれの訳は「春になったら挿頭《かざし》にしようと思っていた桜の花は、散ってしまったなあ」「妻の名にゆかりの桜は、花が咲いたらいつも恋しいだろうか。毎年、年を経るごとに」。

前掲の『桜の文学史』は当然この桜児の歌に触れている。「桜児の歌は挽歌であるが、それは死を悼《いた》みながらさくらに象徴される生の輝きを歌っている。作者は死を通じて逆に生の輝き、――つまり娘子の生前の美しさを歌っている。散るからこそ、その満開に咲き誇るさくらは至上の美なのだ。散らざる花であってはならない。これを散る花への愛惜と観じたのは後世の私たちであろう」

小川和佑の「散るからこそ、その満開に咲き誇るさくらは至上の美なのだ」という一文、そして以下に続く文章に特に注目したい。「後世」の考えで私たちは古代を捉えやすいのである。私は右の引用文を読みながら、若山牧水の次の一首を思い浮かべた。

かなしめる桜《さくら》の声《こゑ》のきこゆなり咲き満てる大樹《おほき》白昼《まひる》風もなし　『独り歌へる』

満開の桜。風がなくてもあとは散るのみの桜。「至上の美」の姿である。「かなし」は「愛し」も「悲し」も意味する。原義は、「自分の力ではとても及ばないと感じる切なさ」（『岩波古語辞典』）である。そんな桜の「かなしめる」声を牧水はしっかりと聴いたというのである。万葉人は桜の心と声を聴いたに違いないが、牧水もまたそうだった。

二

『新古今和歌集』に九十四首を収められた西行は、旅の歌人、月の歌人であると同時に、もちろん花の歌人である。『山家集』の「花の歌あまたよみけるに」二十五首から三首だけ引く。

吉野山こずゑの花を見し日より心は身にもそはずなりにき
あくがるる心はさてもやまざくら散りなんのちや身にかへるべき
願はくは花のしたにて春死なんそのきさらぎの望月の頃

引用は後藤重郎校注『山家集』による（『新潮日本古典集成』）。一首目の「心は身にもそはず」について後藤重郎は次のように注を書いている。

昔の人は霊魂は肉体より遊離して「あくがれいづるもの」と考えた。「もの思へば沢の螢もわが身よりあくがれいづる魂《たま》かとぞ見る」（『後拾遺集』雑六神祇、和泉式部）。

花を見ると、たえられなくなって身から離脱して「あくがれ」出てしまう心。その「あくがれ」の語を直接に出して歌ったのが二首目である。花に「あくがれ」出た心よ、花が散った後は身にかえってくるだろうか、の意である。

「あくがる」の語について大野晋は『古典基礎語辞典』で次のように説明している。

アクは、（本来居る）所や（本来ある）事の意を表す古語。用言の連体形に、このアクが付くと、いわゆるク語用法をつくる。カルは、離れる意の下二段活用の自動詞。語源からわかるように、もともとアクガルは、本来居るはずの所から離れ、ふらふらとさまよい出る意。これは具体的な行動についていい、「歩《あり》く」「出づ」「行く」などの動詞を下に伴った複合動詞として用いられることも多い。

さらに、この意味から発展してアクガルは精神的な意も示すようになる。すなわち、何かに誘われて、心が身体から離れた放心状態に陥ることを指すときに用いる。この場合は「心」「魂」「心地」などの語と共に使われることが多い。なお、中世の初めからはアコガルという形もできてきて、アクガルと併用されるようになる。

西行の歌の「あくがるる心」をより深く理解できるようになる解説である。

牧水にこの「あくがれ」の語を用いた歌がある。

けふもまたこころの鉦《かね》をうち鳴らしうち鳴らしつつあくがれて行く

牧水の代表作の一首と言っていいだろう。『海の声』『別離』に収められているが、初出の「新声」明治四十年八月号「旅人」から引いた。十五首連作の巻頭歌である。大学四年生の夏の帰省の際に、中国山地を旅して九州に入った旅を歌っている。東京で広島出身の女性の園田小枝子と恋がすでに始まっており、この「あくがれ」は旅に対する「あくがれ」と同時に、恋そして女性に対する「あくがれ」であった。牧水の若い時の日記や手紙、エッセイに「あくがれ」の語が用いられているのは『若山牧水全集』で確かめることができる。

三

牧水に桜の歌は多い。大悟法利雄が編集した『桜・酒・富士』というアンソロジーは、桜の歌を百三十七首収めている。単に数が多いだけでなく、人生の節目で桜を歌っている。ターニングポイントで桜を歌っているのである。具体的に引いてみよう。まず『別離』冒頭の十首の桜の歌は、日向の山桜の花を見ながら故郷を発って上京の途につき、東京で山桜の花や父母を恋するという一連である。上京した年は明治三十七年。

『別離』

水《みづ》の音《ね》に似て啼く鳥よ山ざくら松にまじれる深山の昼を
山越えて空わたりゆく遠鳴《とほなり》の風ある日なりやまざくら花
母恋《こひ》しかかるゆふべのふるさとの桜咲くらむ山の姿よ

東京の牧水はやがて一人の女性と恋愛関係になる。園田小枝子である。しかし、小枝子はすでに結婚している身であり、二人の恋愛の成就には困難が待っていた。明治四十二年の春は悲哀、寂寥、不信などが牧水の心に渦まいていた。そのころ桜を歌っている。

咲き満てる桜のなかのひとひらの花《はな》の落つるをしみじみと見る
かなしめる桜の声のきこゆなり咲き満てる大樹《おほき》白昼《まひる》風もなし
寝ざめゐて夜半《よは》に桜の散るをきく枕のうへのさびしきいのち

『別離』

二首目は先に引いた作である。

明治四十五年四月十三日に互いに信頼しあっていた石川啄木が病死した。啄木の家族以外では牧水だけが臨終に立ちあった。「石川啄木君の歌」「石川啄木の臨終」他の文章がある。啄木の家の庭には八重桜が咲いていた。四月にしては汗ばむような蒸し暑い日和の桜をあえて破調で歌っている。

初夏の曇りの底に咲き居りおとろへはてて君死ににけり
君が娘《こ》は庭のかたへの八重桜散りしを拾ひうつつとも無し
病みそめて今年も春はさくら咲きながめつつ君の死にゆきにけり

『死か芸術か』

牧水は、思いがけず啄木の死に出会うことになる十日ほど前の四月初めに、長野県に太田喜志子への求婚の旅に出ていた。その帰りに見た桜を歌っている。

雪のこる諏訪山《すはやま》越えて甲斐の国のさびしき旅に見し桜かな
をちこちに山桜咲けりわが旅の終らむとする甲斐の山辺に
見わたせば四方《よも》の山辺の雲深み甲斐は曇れり山ざくら咲く

『死か芸術か』

喜志子がプロポーズを受け入れたと思っているわりにはしみじみとした歌であるが、ようやく青春という「旅の終らむとする」ことの感慨もあったろうか。それとも喜志子と別れてすぐ寂しくなったたか。「ツイ眼のまへにおゐでる様にもあり、斯う手紙を書いてゐるのに気がつけば、極めて遠き人の様にも思はれます。嗚呼、四月二日、忘られ難き四月二日、左様なら、あなたの夢の平安を祈ります」と喜志子と会った日の夜に彼女あてに手紙を書いている（明治四十五年四月二日付）。

やがて牧水は上京した喜志子と結婚した。明治四十五年五月五日のことである。しかし、七月末には父立蔵危篤の報が入り、新妻を残して故郷の坪谷に帰らねばならなくなった。そして、帰郷して坪谷で十か月ほど生活した。父親が死去した後、母親から上京を許された。

けふも雨ふる、蛙《かはづ》よろこびしよぼしよぼに濡れて桜も咲きいでにけり
鳥うちのかへさは夜《よる》となりにけり山ざくらさへうちかざしたる　『みなかみ』

雨に濡れるのを喜ぶ蛙は自画像だろうか。それはともかく、上京する前の桜は雨の桜であり、夜の桜である。

上京後、妻との生活が再び始まった。牧水の帰郷中に長男旅人が生れ、後には長女みさきが生れ、家族四人の生活が始まった。喜志子は収入の乏しい家計のやりくりをしながら、家族の世話をするという苦労の多い日々だった。そのうえ牧水は憑かれたように時に旅に出た。大正六年の春、家で辛抱ばかりしている妻を連れて牧水は花見に出かけた。

日なかには人目ゆゆしみおぼろ夜のくだちに妻と来し桜狩
いそいそとよろこぶ妻に従ひて夜半の桜を今日見つるかも
おほかたはひとの帰りし花見茶屋夜深きに妻と来て酒酌めり　『白梅集』

このころ牧水が友人にあてた手紙に「喜志も相変らずだ、ただお婆さんになっただけだ、びんぼう《ママ》が烈しいので、一層婆々《ババ》りかたが速いやうだ」（大正六年四月二十八日付）と記している。「婆々る」とは私は聞いたことがなく、『日本国語大辞典』にも出ていない。おかしみを感じさせる言い方だが、当の喜志子が読んだら怒ったことだろう。誰のために自分は苦労しているのか

と。いずれにしても、妻と連れだっての花見をした、めずらしい作で、三首目がことにいい。夫婦二人の桜である。

大正九年八月、牧水は東京から沼津に移り住んだ。田園の生活に入り、落ち着いて仕事をしたいということが大きな理由だった。翌十年に庭の桜を静かな心持ちで歌っている。

雨過ぎししめりのなかにわが庭の桜しばらく散らであるかな

庭くまの落葉の上に散りたまりさくら白きに鶫《つぐみ》来てをる

散りたまる樋《とひ》の桜のまひ立つや雀たはむれ其処にあそぶに

『山桜の歌』

愛情をもって桜、鶫、雀を楽しんで眺めている。

そして、山桜の代表作と言われるのが、翌十一年の「山ざくら」二十四首である。言うまでもなく、湯ヶ島温泉の桜である。

うすべにに葉はいちはやく萌えいでて咲かむとすなり山桜花

うらうらと照れる光にけぶりあひて咲きしづもれる山ざくら花

瀬瀬走るやまめうぐひのうろくづの美しき春の山ざくら花

『山桜の歌』

多くの人が論じている作品であり、改めて触れることはしないが、的確な鑑賞および批評として佐佐木幸綱の「山ざくら」論をあげておきたい（『鑑賞日本現代文学㉜現代短歌』）。「後期牧水の、これが至りついた歌境だった」と書いている。

牧水の十五冊の歌集に未収録の桜の歌が八十二首ある。明治三十四年から大正十二年までの作である。その中から私が秀作佳作と思う歌を最後に十首引きたい。

桜の日恋しりそめしきのふよりこの世かすみぬうすむらさきに　明治三十九年
ともすれば穂に出《づ》るおもひ山に咲く桜の花とほの匂ふかな　明治四十年
山ざくら大木なれど花はまだ三つ四つのみよ春青き空
ふるさとや従妹は町の商人《あきうど》の妻となりけり山ざくら花
友よ酌めさかづきの数歌のかず山のさくらの数ときそはむ
ふるさとは南国なればほのぼのと桜つぼまむ如月《きさらぎ》の日よ
夜光れと君やはかざすとき髪を桜散るなる戸の白昼《ひる》の日に
床馴れてわれらに何の矜りある聴け戸のそとに桜ちる声　明治四十一年
さくら花君がほとりに咲くといふこのごろ海の遠音いかにや　明治四十二年
清らかさいまは言葉のほかに見ゆる山ざくらの花を拝《をろが》みまをす　大正十一年

最後の一首は、ことに桜を愛した牧水らしい秀歌と思う。

（注）右の文中に出てくる桜は、特に山桜と言わなくても山桜である。なお、山桜と言っても、①自生種すべて、②ヤマザクラ群（他のエドヒガン群、マメザクラ群、カンヒザクラ群を除く）、③ヤマザクラ群の中のヤマザクラ、と三通りの意味があると、佐藤俊樹著『桜が創った「日本」』（岩波新書）にある。そして、古典文学に出てくる山桜は①であると記している。詳しくはこの本を参照されたい。

Ⅸ　その親和性——『くろ土』の世界

一

若山牧水には、没後に出版された一冊をふくめ十五冊の歌集がある。収録されている作品は重複した作品をのぞいて六千九百首近くになる。二十二歳から四十四歳までの作である。十五冊の歌集は次のように四期に分けることができる。

第一期（二十二歳〜二十七歳）
第一歌集『海の声』（明治四十一年七月）
第二歌集『独り歌へる』（明治四十三年一月）
第三歌集『別離』（明治四十三年四月）

第四歌集『路上』（明治四十四年九月）
第二期（二十七歳〜二十九歳）
第五歌集『死か芸術か』（大正元年九月）
第六歌集『みなかみ』（大正二年九月）
第三期（二十九歳〜三十四歳）
第七歌集『秋風の歌』（大正三年四月）
第八歌集『砂丘』（大正四年十月）
第九歌集『朝の歌』（大正五年六月）
第十歌集『しろ梅集』（大正六年八月）
第十一歌集『さびしき樹木』（大正七年七月）
第十二歌集『渓谷集』（大正七年五月）
第四期（三十四歳〜四十四歳）
第十三歌集『くろ土』（大正十年三月）
第十四歌集『山桜の歌』（大正十二年五月）
第十五歌集『黒松』（昭和十三年九月）没後

四期それぞれに特色があるが、別の機会に述べたことがあるので今は触れない。(注1)
右の一覧を見て気づくのは、第一歌集『海の声』を出版したあと第十二歌集『渓谷集』まで毎年のように歌集を出版していることである。したがって一冊の歌集の収録歌はそう多くない。第三歌集『別離』だけは一千四首を収めるが、既刊の二歌集の歌が八割以上であり、新出は少ない。一方、これから取りあげる第十三歌集『くろ土』は二年半あまりの九百九十九首を収めるという点で他の歌集と分量においてまず異なる。異なるのは分量だけではない。長い自序において自信と満足を述べている点できわだった特色をもつ一冊である。その一部を引いてみよう。

『やれやれ今になつて漸く自分には歌といふものが解つて来たのかなア』といふ気持ちである。延いては『これが真実の意味に於ける自分の処女歌集といふものかも知れない』といふ気持ちである。それほどに私はこの『くろ土』には愛著さを感じながら編輯したのであつた。

それかといつて今までに作つて来た短歌を出鱈目だとは決して謂はない。それは矢張りその時にはそれぞれ命をかけて作つて来たのである。だからその時その時の命の影はそれの歌に宿つてゐると謂つていいであらう。然しそれらの時代の私は極めて不完全にしか発育してゐなかつた様だ。全体として出来てゐなかつた。従つてそれらの歌も私の或る一部分づつの影であつたと思はれるのである。

私も歌詠みだから牧水の気持ちがある程度は分かる。歌詠みとしてはかつての作に対しては不満が多く、それらよりも現在の作に自負をもっているのが通常だからである。だが、牧水の右の文章にはそれ以上のものを感じる。

『くろ土』は大正七年三月から同九年末までの作を収める。牧水の三十四歳から三十六歳の時期にあたる。大部分は東京時代の作で、終りの方に沼津移住後の生活が歌われる。『くろ土』の中核である大正七年の作を見てみたい。冒頭に「或る夜の雨」と題する一連があり、そのなかの三首を引く。

あららかにわが魂を打つごときこの夜の雨を聴けばなほ降る
ややしばし思ひあがりて聴きてゐしこの夜の雨を聴けばいやしげく降る
聴き入りてただに居りがたくぬばたまの闇夜の雨を窓あけて仰ぐ

夜に激しく雨が降ってきた場面である。牧水はこのころ巣鴨に住んでいた。一首目は雨の降る音が「わが魂を打つごとき」と感じているところに特色がある。そして、雨音を聴いているほどに激しさを増してくると。雨音に魂を打たれることを願っているように思える。この歌の前には「わが屋根に俄《には》かに降れる夜の雨の音のたぬしも寝ざめてをれば」の作がある。雨の魂と自分の魂を合致させようとしている。そこで二首目が面白い。「思ひあがり」の語は古くは気位をもつ意味で使われ、今では分不相応の意味で使われる。この歌の場合、両方の意味で解せるが、分不相応の意味で理解した方が面白い。(注2) 雨の魂と自分の魂を同次元や同価値に置いたのはうぬぼれだという反省。反省せよとばかりに「いやしげく降る」雨。そして、雨の魂の方はどう思っているのだろう、とわざわざ窓をあけて闇夜の雨を仰いだというのが三首目と考える。雨の魂との対話が興味深い。

春の夜の屋根のしめりの身にかよふ静けき朝を風吹き立ちぬ

「或る夜の雨」の作とほぼ同時期の「春の暁」の一連のなかの一首。夜雨が過ぎた暁を歌っている。「屋根のしめり」が「身にかよふ」という繊細さに牧水らしさを感じる。前夜の雨の魂を身体感覚で感じているのだ。

今度は家を出て外で歌った作を引いてみよう

ひんがしの朝焼雲はわが庭の黍《きび》の葉ずゑの露にうつれり
黍はみな畔《くろ》に植ゑられ黍の根に韮《にら》のほそき葉青み続けり
畔《くろ》の草をわけつつあさる雀子のそのなきごゑもこほろぎも聞ゆ

一首目は朝早くの散歩のときだろう。黍の葉末にたまっている露というごく小さなものに目をとめているのが特色で、その露に東の大きな朝焼雲がうつっているところに牧水は喜びを感じている。朝焼雲は葉末の露にうつされて嬉しげ、葉末の露は大きく輝く朝焼雲を身の内に含んで嬉しげ。牧水はそう思っているのだ。二首目は畔に植えられた黍の根もとの韮の細く青い葉に目をやっている。生産者以外に目をやる人もいないだろう。いや、生産者もどうか。牧水は、まるで黍や韮の仲間のようだ。三首目は小さな雀が草むらをわけて食べ物を探している場面である。その雀の鳴き声、そして同じ草むらのこおろぎの声に耳をすましている。この場に居あわせたとしても、他の誰もまず目をとめず耳をすますことはあるまい。

右の二首目と三首目は「郊外の秋」の一連にあり、そのなかにえぞ菊を歌った数首がある。たとえばこんな一首である。

くれなゐもむらさきも濃きとうすきありてえぞ菊ばたけ露ふふみたり

この一連については牧水がみずから述べた文章がある。

幾度もこの花畑の側を通るうちに一つ二つとその花の歌が出来かけたが、どうも気に入らない。で、或日わざわざペンを持つて其の畑へ出かけて行つた。その畑はまだ新しく開墾されたものらしく、小さい流れに沿うて、畑に隣つた荒地には鉄道草などが茂つてゐた。

その荒地に坐つてかなり長い時間を過した。歌は思ふ様に出来なかつたが、然しいい心持の時間であつた。こまかに見てゐると花や葉の色や形、またはその根の土などに今までに知らぬ親しみを感ずる事が出来た。こちらから親しんで行けば行くだけ、自然は我々に親しみを寄するものである事を此頃しみじみ感じてゐる。

『批評と添删』

牧水がペンとノートを持っていき、かなり時間をかけて苦労して作歌したことが先ずわかる。当然といえば当然だが、牧水は朗詠しながらたやすく歌を詠んだように言う人もある。もちろんそうでないのである。そして、「こまかに見てゐると」「親しみを感ずる」と言い、「こちらから親しんで行けば行くだけ、自然は我々に親しみを寄するものである」と言っていることに改めて注目したい。

近代短歌に多くの自然詠がある。それらは自然に親しんでいるのではなく、自然に対っている。自己と自然とを主体と客体の位置に置き、自己が緊張感をもって自然に相対している。したがって、それらの作品は読者にしばしば快い緊張感をもたらす。しかし、牧水の右に引いたような作品は読者を緊張させない。読者を自己自身から解放させる。日ごろこだわっている主体という名の自己自身を解放しなければ、これらの作品は味わえないし、そうでないとこれらの作品は少しも面白くないのである。

もっとも、二十代の牧水はやはり自然に対っていた。第六歌集『みなかみ』の時期をピークにして、その傾向は弱まっていき、『くろ土』の世界が生まれてくる。

では、人間に対する牧水の態度はどうか。一例を大正七年五月の「比叡山にて」の作から見てみよう。この旅については紀行文「比叡力」「山寺」（『比叡と熊野』）に詳しい。比叡山の宿院に泊めてもらうつもりできたらそれがかなわず、寺男が一人いるだけの荒れた寺に泊まることになった。その男は孝太といった。「その寺男、われにまされる酒ずきにて家をも妻をも酒のために失ひしとぞ」の詞書とともに次のような歌がある。

酒買ひに爺《ぢい》をやりおき裏山に山椒つみをれば独活《うど》を見つけたり
言葉さへ咽喉《のど》につかへてよういはぬこの酒ずきを酔《ゑ》はせざらめや
酒に代ふるいのちもなしと泣き笑ふこのゑひどれを酔はせざらめや

牧水が孝太に酒をすすめると、勿体ないと言いながら拝むようにして飲み始め、ついには呂律が怪しくなるまで酔ってしまう。その間に失敗《しくじ》った人生をあれこれ語るのである。そして、翌日から毎晩ふたりの宴会。一週間ほど過ぎたころ、世を捨てていたはずの孝太は夜ごとの酒によって世の中の味を思い出し、いまの荒寺を出ていく決心をする。牧水が寺を発つ前日には、近くの茶屋の爺さんも呼んで三人の宴が始まる。「山寺」の最後の一節を引こう。

が、矢張り爺さん達の方が先に酔つて、私は空しく二人の酔ひぶりを見て居る様な事になつた。そして、口も利けなくなつた、両個《ふたり》の爺さんがよれつもつれつして酔つてゐるのを見て、楽しいとも悲しいとも知れぬ感じが身に湧いて、私はたびたび涙を飲み込んだ。やがて一人は全く酔ひつぶれ、一人は剛情にも是非茶屋まで帰るといふのだが脚が利かぬので私はそれを肩にして送つて行つた。さうして愈々別れる時、もうこれで旦那とも一生のお別れだらうが、と言はれてたうとう私も泣いてしまつた。

翌日、早朝から転居《ひつこし》をする筈の孝太爺は私に別れかねてせめて麓までと八瀬村まで送つて来た。

其処で尚ほ別れかね、たうとう京都まで送つて来た。

京都での別れは一層つらかつた。

世間的には敗残の人生を生きてきた孝太爺。「五尺七八寸もあらうかと思はれる大男で、眼の大きい、口もとのよく締らない様な、見るからに好人物で、遠いといふより全くの金聾《かなつんぼ》であるほど耳が遠い」そんな孝太に会った初めから牧水は何の偏見もなく親しんでいる。孝太に泊り客として対うこともできたし、他の者ならそうしただろう（いや、そんな者はこういう山寺に一週間も泊まるなどあり得ないか）。牧水は一言の愚痴も記さず、夜な夜な酒を馳走している。そして、右の別れの場面。最後に「京都での別れは一層つらかつた」とある。ただ、別れたあともさらに孝太のことを想うのである。京都を発って一週間後に牧水は那智勝浦にいた。鰹を食いながらの作。

したたかにわれに喰《くは》せよ名にし負ふ熊野が浦はいま鰹時《かつをどき》
今ははやとぼしき銭のことも思《おも》はずいつしんに喰へこれの鰹を
比叡山《ひえやま》の孝太を思ふ大ぎりのつめたき鰹を舌に移す時

孝太との出会いは決してかりそめのそれではなかったと思わせる三首目である。

先に引いた雨音や黍の葉やえぞ菊の作に見られる「こちらから親しんで行けば行くだけ、自然は我々に親しみを寄する」という生き方。その生き方は孝太爺に接する態度にもそのままあてはまる。「こちらから親しんで行けば行くだけ、人間は我々に親しみを寄する」と言いかえることができる。自然と人間との親和的な関係、人間と人間との親和的な関係を『くろ土』は表現している。この歌集の自序で「やれやれ今になつて漸く自分には歌といふものが解つて来たのかなア」と牧水が言わんとしたのは、歌の本質は親和性にあるということの謂ではなかったかと考えるのである。

そのような牧水作品は近代短歌の「主流」からはずれ、現代短歌からはしばしば蒼古たるものに見えるようになってしまった。だが、今日の社会および世界の危機の根本に自然との関係性、他者との関係性が深く関わっているとすれば、一見プリミティブに見える牧水作品が問いかけるものは決して小さくないと思う。

二

比叡山や那智勝浦に旅したこの大正七年に牧水はよく他の地へも出かけ、旅の歌を詠んでいる。十一月半ばから利根川上流地方の渓谷と温泉などをめぐった「みなかみへ」百五十九首はその代表作と言えよう。紀行文も「利根の奥へ」「みなかみへ」「利根より吾妻へ」「吾妻川」「吾妻の渓より六里が原へ」の五篇を書いている（何れも『静かなる旅をゆきつつ』所収）。日向の渓谷に生れ育った牧水は渓流への憧れが強くその憧れが利根川上流に向かわせた。金策をし、妻の理解も得て、家を出る。上野駅発の電車に乗り思わず呟く。「何処へでもいい、兎に角に行け。眼を開くな、眼を瞑《と》ぢよ。而して思ふ存分静かに静かにその心を遊ばせよ」（「利根の奥へ」）。自然に出会い親しみたい一心である。だから「何処をどう通つて何処まで行かうといふちやんとした予定が出来てゐなかつた」。牧水らしい旅である。以下の旅のありさまについては右の五篇の紀行文に詳しい。

百五十九首の大作のなかからいくつかの歌を取りあげてみたい。「こちらから親しんで行けば行くだけ、自然は我々に親しみを寄するもの」であることを信じ、確かめ、求めた旅の歌である。

よべ降りし時雨に雪のとけそめて黄葉《もみぢ》の山の襞《ひだ》に残れり
こがらしのあとの朝晴間《ま》もなくて軒うすぐらみ時雨降るなり

「小日向村附近に到り利根は漸く渓谷の姿をなす。対岸に湯原温泉あり、滞在三日」の詞書のある一連のなかの三首。天候の変わりやすい十一月半ばで、その変化する天候による自然の動きを吸いこまれるように新鮮な心でながめている歌である。一首目は雪山、前夜の時雨、とけた雪、なおとけず残っている雪、そして黄葉の輝き。二首目は夜の凩、朝の短い晴れ間、やがて時雨。二首どちらも時間とともに変化する自然の表情にあらためて驚き、目を見はっている。

澄みとほる冬の日ざしの光あまねくわれのこころも光れとぞ射す
ちちいぴいぴいとわれの真うへに来て啼ける落葉が枝の鳥よなほ啼け
木の根にうづくまるわれを石かとも見て怖《お》ぢざらむこの小鳥啼く

「みなかみへ」の一連に「われ」「わが」の語を用いられた作は十五首しかない。「われ」を表立てていないのである。その十五首のなかの三例を引いた。一首目、この歌の前に「日輪のひかりまぶしみ眼をふせてゆけども光るその山の端《は》に」の作があり参考になる。空も山も光っている。「われのこころも光れ」とは、空や山にとけこんでそれらと一つになりたいという欲求である。二首目、自分を自然物のごとく見なして恐れず「われの真うへに」鳥が来て啼いてくれるのを喜んでいる。三首目も同様だ。

水色の羽根をちひさくひろげたりと見れば糞《ふん》は落ちはなれたり

小鳥の美しい羽根や啼き声は恰好の歌の材料である。しかし、糞するところを敢えて歌う人は少ないだろう。牧水は糞するところを静かにじっとながめ、小鳥の排泄がぶじに終ってよかったとホッとしている。糞を落としたではなく「糞は落ちはなれたり」の表現が巧まざるユーモアで、糞よ出てくれてありがとうの気持がこめられている。『山桜の歌』には「水あげて瀬に立ちならぶ石ごとに糞《ふん》してあそぶ鶺鴒鳥《いしたたきどり》」というやはり糞の歌がある。人の目から見たキレイ、キタナイでなく、鳥の命のいとなみを総体として捉え親しむ態度が感じられる。

今度は人びとに出会ったときの作を引いてみる。

洗ひ終へてやがて菜を負ひかたつむり歩むがごとく負《お》ひて帰りぬ
昼は菜をあらひて夜はみみづからさをみな子ひたる渓ばたの湯に
わかきどちをみな子さわぎ出でゆきしあとの湯槽《ゆぶね》にわれと媼《おうな》ばかり

「谷川温泉は戸数十あまり、とある渓のゆきどまりに当る。浴客とても無ければその湯にて菜を洗へり」の詞書がある。親しみをこめたまなざしが温かいおかしみを生んでいる。一首目は多くの菜を負って進む様をおや、かたつむりが歩んでいるようだとその苦労をねぎらっている。二首目、菜を洗った湯にみずからもひたった「をみな子」は、牧水には菜のように新鮮だったのではないか。いや、彼女たちをふと菜の化身にすら思ったかも知れない。菜と彼女たちを区別するまなざしを捨ててしまっている。そして、若い彼女たちが出ていったあとの寂しさを笑いに転じて歌っている。三首目は、結句の「媼ばかり」の強調が読者を微笑ませる。

さびしさにこころほほけてゐるわれにふと心づき笑ひいだせり

何かせむ何かもせむとゐつたちつあまりさびしくてうちほほけたり

「みなかみへ」の大連作から最後に自分自身を詠んだ作を引いた。「谷川と名にこそ負《お》へれこの村に聞ゆるはただ谷川ばかり」とも歌っている谷川温泉での作である。一首目、言いようのないほどの寂しさを「さびしさにこころほほけてゐる」と言っているが、注目したいのは下の句である。そんな自分に気づいて笑い出したと。自分に親しんでいるのである。二首目は上の句で諧謔をもって自分の姿を描き、下の句のやや誇張とも思える表現を生かしている。

牧水は若いときに「幾山河越えさり行かば寂しさの終《は》てなむ国ぞ今日《けふ》も旅ゆく」と歌った。その「寂しさ」と谷川温泉の「さびしさ」は異なる。前者の「寂しさ」は越え去るべき、乗り越えるべきものだったのに対し、後者はそのまま親しく受け容れる、言いかえれば自らそのものとしての「さびしさ」である。

馬場あき子が、「牧水と現代短歌」と題する座談会で、『くろ土』に触れて「牧水の晩年の歌を是とする神経とか享受力というのは我々が最後なのよ」と発言し、次のように続けている。(注3)

今の若い人があれを享受できるかということを考えると、もうはるかな時代が隔たっちゃって。もう少し日本の文化とか日本の感性とか、落ち着いた感性で静かに読む歌なのよ。今、入ってくるものが多すぎるでしょ。言葉だって専門用語も含めて、文化も文明も、そういう中であれを落ち着いて読めないと思うのね。

大正七年というと、今から九十数年前である。確かに、ほぼ一世紀前なので「時代が隔たっちゃって」いる。でも、逆を言えば、たかだかほんの一世紀前である。その一世紀の間にわれわれは「近代」化をさらに進めて今日に到ったが、一世紀前にすでに親和を基本とする牧水の『くろ土』の歌は人びとの理解の外に置かれていたのかも知れない。

「近代」が上昇や発展や拡大をメルクマールとしているとき、牧水は反対のメルクマールで生きた。立身出世主義に関わらず、物質的、金銭的なものに無欲で、対人関係において見返りを求めることなく、自然と人間に対する親和的態度で自足感を得た。急いで付け加えれば、貪ったのは酒と歌だけだった。このような牧水は「異端」なのだろうか。いや、今は異端に見えるにしても、実はわれわれ日本人の「原型」の一つなのかも知れない。

（注１）岩波文庫版『若山牧水歌集』解説。
（注２）上田博は「牧水研究」第九号の講演記録「闇をゆく牧水」のなかでこの歌について次のように述べている。「『あらかにわが魂を打』っていると感じていた自分をちょっと引きまして、いや、それは言い過ぎだったなあ、それはちょっと待てよと、これは、手前勝手な自然解釈なんじゃないのか、『思ひあがりて』、とちょっと引いた言葉が牧水の内面の動向を暗示します」。
（注３）「牧水研究」第十六号掲載の座談会で、出席者は馬場あき子、佐佐木幸綱、高野公彦、伊藤一彦。

後記

若山牧水は一八八五年八月二十四日に今の宮崎県日向市東郷町坪谷に生まれた。今年が生誕一三〇年である。牧水の作品を愛誦する人は多く、その名前はよく知られていると言っていいだろう。だが、牧水作品の文学的な価値と意義はどこにあるのかという研究は十分になされているとは言いがたい。そもそも「幾山河越えさり行かば寂しさの終《は》てなむ国ぞ今日《けふ》も旅ゆく」とか「白《しら》鳥《とり》は哀《かな》しからずや空の青海のあをにも染まずただよふ」といった有名な歌をのぞけば、他の作品はあまり知られず読まれていないのではないか。

先日、ある大学生が卒業論文で牧水をテーマに取り組みたいという用件で、若山牧水記念文学館館長の私のところを訪ねてきた。その学生は、論文検索サイトで調べてみたら牧水研究が少ない、と嘆いていた。彼の話によると、斎藤茂吉と与謝野晶子が千篇以上、石川啄木が九百六十篇、北原白秋が五百八十篇で、牧水は二百三十篇だったという。茂吉たちは歌人としての仕事の他に研究者として、思想家として、また詩人としても大きく活躍しており、その多方面の業績を含めて研究の対象になっているのではないか、それに比べて牧水は短歌と紀行文が主な業績であることが理由だろうかと学生と話し合ったことだった。しかし、もっと重要な理由を私は考える。牧水には近代短歌を評価する尺度では測りきれない側面があり、そこを見逃されているのではないかということである。

そんな重要な側面として、親和力をあげたい。自然と親和する力、人びとと親和する力である。牧水は、他者との関係性の中で親和性を最重要なものと捉え、それを作品に具現化した歌人と言い得る。たとえば岡本かの子は牧水について「自然を御飯のやうに喰べた。お酒のやうに飲んだ。自然が用捨なく牧水さんに溶流し傾倒し一致したのは当然である」と言い、窪田空穂は「私には若山君といふ人は、いかなる場合にでも、根本の信じられる人に思へた」と言っているが、それは牧水の親和力を指摘した言葉に思える。

私が作歌を始めて間もないころの一九七一年に出会った評論で、忘れられない文章がある。佐佐木幸綱氏の「自然への呼びかけ」(『極北の声』)である。そのなかで佐佐木氏は次のように述べていた。

「靡《なび》けこの山」と表現した柿本人麻呂、「雲だにも心あらなも」とうたった額田王たちの自然と人間との親しい関係を、現代に再現することは無理にしても、この全身的な呼びかける衝動は、いまだ私たちの中に棲《す》んでいるはずである。

短歌は見る詩型ではなく、基本的に言う詩型であったことを思い出すべきであろう。呼びかけたがる全身的な衝動によって、人間と自然、自己と他者との関係をとらえかえてゆく、私は短歌をこのように考えている。

私自身の作歌の方向を強く示唆された文章であるが、今そのことは別として、佐佐木氏が考える「全身的な呼びかける衝動」としての短歌を近代において最も示した一人が牧水ではなかったか。しかし、親和力よりも「自我」力を目標とした近代の価値観では非近代的で古くさく思われたのではなかったか。もちろん、牧水とて近代の人間である。その意味では近代性と古代性を自らにおいてどう調和させるかに腐心した歌人でもあったと言えよう。

本書では、牧水の短歌作品を、言葉と韻律に即して丁寧に読むということを心がけた。それは基本であり当たり前のことであるが、表現に即して読むことは実は易しくないのである。私の読みも誤りもあるかも知れない。しかし、できるだけ読みを具体的に記そうとした。読者によっては煩瑣に感じられるところもあろうか。

各章の内容に簡単にふれておきたい。

I章の「牧水という人品」は、牧水の風貌、身装、行動、人柄などを、同時代の人びとがどう見ていたかをエピソードをまじえて紹介し、全体の序章とした。やっぱり牧水だなという話も多いだろうが、意外な牧水像もあるはずである。

Ⅱ章の「運命の女――小枝子」は、若き日の牧水が園田小枝子にどのように恋心を抱き、彼女と結ばれようとしたかを、当時の雑誌「新声」などの初出作品や友人に対する書簡をとおして明らかにしようとしたものである。小枝子については大悟法利雄著『若山牧水新研究』が詳しく伝記的研究をしており貴重であるが、作品の具体的な検証はまだ十分でなかった。牧水の恋愛歌を踏み込んで読んでみた。恋愛は最高の親和の関係を相手と創りあげようとするものと言えるだろう。親和性の強い牧水の恋愛がただならぬものになったのは当然であった。

Ⅲ章の「若き日の牧水の自然と『かなしみ』」は、ネイチャーの訳語としての「自然」が流布する以前に牧水がどんな言葉で自然を表現していたかを調べると同時に若き牧水の自然観を探り、さらに牧水の多用する「かなしみ」の語がその自然観とどう関わっているかについて述べた。牧水の「かなしみ」は単に人間の悲哀の情ではない。

Ⅳ章は「牧水における和語と漢語」である。近代歌人のなかで作品における和語の使用率が牧水は最も高い。それはなぜなのかを考えてみた。「実感より詠め」と言った歌論からその考えは生れているのであるが、和語の多用は表現面からも読者に対し親和力を発揮することになったと思われる。人口に膾炙している牧水の歌は和語だけで成立している作品が多い。

Ⅴ章の「『別離』（上巻）の句切れを見る」は、牧水がいかに句切れに意を用い、場面や心情にふさわしいリズムにするために創意工夫したかを、『別離』の上巻を例に述べたものである。五七五七七の形式をもつ短歌において句切れはきわめて重要である。

Ⅵ章の「牧水の破調・自由律を読む」は、『死か芸術か』『みなかみ』時代の破調・自由律の作品を論じた。いわゆる牧水調でないこれらの作品は、周囲の現実および短歌形式に対する親和力を失いかけた危機がもたらしたものだったとも言えよう。

Ⅶ章の「何故に旅に」は、旅の歌人といわれる牧水の旅の背景と特色について述べている。「私には旅を貪りすぎる傾向があつていけない」とは牧水自身の言である。

Ⅷ章は「ターニングポイントの花」である。牧水が山桜の花を愛でたことはよく知られているが、とくに人生の節目で山桜の花を歌っていることに注目した。人にはそのようなターニングポイントの花があるのであろう。

最後のⅨ章は、「その親和性」で、晩年の代表歌集『くろ土』に見られる自然と人間に対する親和性を、短歌と紀行文の両方をとりあげて考えてみた。牧水が「自序」で「漸く自分には歌といふものが解つて来た」と自信を述べている歌集である。

本書を短歌研究社から出版できることを嬉しく思っている。「短歌研究」一九四〇年九月発行の「特輯若山牧水」号を私は大切な資料として持っている、没後十三年の特輯である。また、一九八五年八月の同誌は牧水生誕百年記念の特集「牧水と旅する」を組み、地図つきで牧水の旅した土地と短歌を紹介し、今でも重宝している。最近では二〇一三年八月号で「若山牧水再読」の特集を堀山和子編集長が組んで下さった。牧水の愛読者であるドイツ文学者の池内紀氏と愉しい対談をさせてもらった。堀山編集長は牧水に関心を持ち、たとえば「しまなみ街道」の牧水ゆかりの島でのシンポジウムなどにも駆けつけて下さった。その堀山編集長の有益な示唆と細かい配慮があって本書は上梓できた。心からお礼を申しあげる。

生誕一三〇年の今年、牧水作品をめぐる議論が盛んになることを願っている。

二〇一五年四月

伊藤一彦

若山牧水略年譜

（年齢はかぞえで表記した）

一八八五年（明治十八）
八月二十四日、宮崎県東臼杵郡坪谷村一番戸（現在の日向市東郷町坪谷三番地）に医師の父若山立蔵、母マキの長男として生まれる。本名繁。

一八八七年（明治二十）三歳
十一月、祖父若山健海死去。健海は現在の埼玉県所沢市出身、天保年間に坪谷で開業した。

一八九〇年（明治二十三）六歳
三月、父立蔵が隣村の西郷村へ医師として招かれたため、若山家は西郷村田代字小川に移る（一八九二年秋に坪谷村に戻る）。

一八九四年（明治二十七）十歳
十月、祖母カメ死去。

一八九六年（明治二十九）十二歳
三月、坪谷尋常小学校を首席で卒業。五月、延岡高等小学校に入学。

一八九八年（明治三十一）十四歳
三月、母と義兄河野佐太郎に伴われ、金比羅参りと大阪見物をする。最初の長旅となる。

一八九九年（明治三十二）十五歳
新設の県立延岡中学校に入学。

一九〇一年（明治三十四）十七歳
延岡中学校校友会雑誌第一号・二号に小品文、和歌、俳句を掲載。七月、「中学文壇」に入賞。十一月、同級の大見達也らと「帝国少年議会議事録」の発行所、帝国少年議会の延岡支部をつくり、支部長に推挙される。

一九〇二年（明治三十五）十八歳
二月、大見、大内財蔵（後の平賀春郊）らと文芸研究の曙会と短歌研究のための野虹会を起こす。回覧雑誌「曙」を発行。

一九〇三年（明治三十六）十九歳
四月、野虹会から短歌回覧雑誌「野虹」を発行。秋頃から「牧水」と号する。

一九〇四年（明治三十七）二十歳
四月、早稲田大学文学科高等予科に入学、麴町区三番町に下宿。五月、本郷西片町に「新声」の尾上柴舟を訪問。六月、同級の北原白秋と知り合い、九月、牛込区戸塚清致館に白秋と同宿。白秋（射水）、牧水、同級の中林蘇水と三人で「早稲田の三水」と自称する。

一九〇五年（明治三十八）二十一歳

一月、柴舟を中心に金箭会を起こす。数ヵ月後正富汪洋、夕暮、牧水の四名の「車前草社」となり、三木露風らも参加。「明星」に批判的な立場にあり、二年ほどの活動となる。「新声」九月号に「車前草社詩草」欄が設けられ、以後牧水の歌は同欄に掲載される。

一九〇六年（明治三十九）二十二歳

六月末、神戸で園田小枝子に会う。

一九〇七年（明治四十）二十三歳

春頃、小枝子と親しくなる。六月下旬、帰省の途につき京都、中国、九州の諸地を訪ねる。八月、「新声」に「幾山河」の歌など十五首を発表。十二月下旬、小枝子とともに外房州根本海岸を訪れ新年を迎える。

一九〇八年（明治四十一）二十四歳

七月、早稲田大学文学科英文科を卒業。尾上柴舟の序文で第一歌集『海の声』を出版。この頃健康を害する。「新文学」創刊を計画。

一九〇九年（明治四十二）二十五歳

資金難のため「新文学」創刊を断念。一月から二月にかけて、外房州布良の海岸に滞在。四月、徴兵検査丙種不合格となる。七月、中央新聞社に社会部記者として就職。十二月、同社を退社。同月末頃、東雲堂の西村辰五郎の依頼で「創作」創刊を決める。

一九一〇年（明治四十三）二十六歳

三月、「創作」創刊。四月、第三歌集『別離』を東雲堂から出版し、各方面から賞賛を浴びる。八月、旅に出るため「創作」の編集を佐藤緑葉に譲る。九月、友人の飯田蛇笏を山梨に訪ねた後、小諸にて静養、十二月に帰京。

一九一一年（明治四十四）二十七歳

一月、麹町区飯田河岸の印刷所日英舎二階に移る。同所に創作社を起こし、二月号より緑葉とともに「創作」を編集する。引き続き東雲堂から発行。二月、本郷弓町に石川啄木を訪問。三月、小枝子との関係が終わる。七月頃、太田水穂方で太田喜志子に会う。十月号で「創作」を解散。十二月、やまと新聞社社会部記者となる。

一九一二年（明治四十五・大正元）二十八歳

一月、やまと新聞を退社。雑誌「自然」創刊の計画をたて、長野県下を旅行。四月、石川啄木の死に遭う。五月、「自然」を創刊するも一号で廃刊。太田喜志子と結婚し、内藤新宿に転居。七月、父危篤の報に接し帰省、翌五月まで在郷。喜志子は信州の実家に帰省。十一月、父立蔵が脳溢血で急死。

一九一三年（大正二）二十九歳

四月、長野県広丘村の妻の実家で長男旅人誕生。五月、出郷、愛媛県の岩城島に立ち寄る。六月、小石川区大塚窪町に家を構える。八月、太田水穂支援のもと、牧水個人の編集経営による「創作」を復刊。

一九一四年（大正三）三十歳

三月、「創作」誌友大会を開くも、経営難のため「創作」を十二月号で休刊、人見東明の「創造」と合併する。十一月末、妻喜志子が心労のため病臥。

一九一五年（大正四）三十一歳

一月、喜志子が入院。三月、転地療養のため、神奈川県三浦郡北下浦村に農家の二間を借りて転居。七月、「創造」が休刊。十一月、長女みさき誕生。

一九一六年（大正五）三十二歳

七月、回覧雑誌「創作」をはじめる。十二月、下浦を引き上げ、小石川区金富町に転居。

一九一七年（大正六）三十三歳

二月、「創作」（第三次）を復刊。五月、巣鴨町に転居。十月、東雲堂から「短歌雑誌」が創刊され、以後寄稿する。

一九一八年（大正七）三十四歳

四月、次女真木子誕生。十一月半ば、利根川上流の渓谷と温泉をめぐる。紀行文「利根の奥へ」他。

一九一九年（大正八）三十五歳

十月、義妹の潮みどりが長谷川銀作と結婚。十一月、「金の舟」が創刊され、「幼年詩」の選を担当、同誌に選者として童謡を発表。

一九二〇年（大正九）三十六歳

八月、静岡県沼津町在楊原村上香貫折坂に移る。「創作」の経営を義弟長谷川銀作にまかせる。

一九二一年（大正十）三十七歳

三月、伊豆に北原白秋を訪ねる。四月、尾上柴舟が来訪。次男富士人誕生。

一九二二年（大正十一）三十八歳

七月、沼津永住を決め「創作」の経営を自己に戻す。十月、佐久新聞社の歌会に出席、長野、群馬から金精峠を越え、日光中禅寺湖をまわり翌月帰宅。この旅が「みなかみ紀行」「金精峠より野州路へ」となる。年末、大悟法利雄が訪問、以降牧水の助手として働く。

一九二三年（大正十二）三十九歳

八月、家族と西伊豆海岸の古宇に滞在。九月、古宇に一人残り、関東大震災に遭う。

一九二四年（大正十三）四十歳

三月、長男旅人を伴い故郷坪谷に十一年振りの帰郷。四月、母を伴って帰宅。母は約一ヵ月滞在。
八月、千本松に転居。九月、第一回の揮毫頒布の会を沼津で催す。十二月、付近の家に移る。
一九二五年（大正十四）四十一歳
二月、沼津市市道町に五百坪の土地を購入。四月、長野佐久地方をはじめ、岐阜、長野、千葉、栃木の各地で揮毫会を催す。十月、通称市道町の新居に移る。十月から十二月にかけて、岡山、九州各地を揮毫旅行。
一九二六年（大正十五・昭和元）四十二歳
五月、「詩歌時代」を創刊し、各方面の賞賛を受けるも、経営難に陥り十月号で廃刊。八月、静岡県千本松原伐採に対し、新聞に計画反対を寄稿するなど運動の先頭に立ち、計画を断念させる。九月下旬から十二月上旬にかけて北海道、東北地方を回る。十二月、沼津市に大火があり、「創作」印刷所の耕文社が全焼する。
一九二七年（昭和二）四十三歳
五月上旬、妻喜志子同伴で朝鮮各地へ揮毫旅行に出るが、体調を崩し帰国。十月、潮みどり死去。
一九二八年（昭和三）
三月、伊豆に旅行。七月頃より病臥し、九月、急性腸胃炎兼肝硬変、十七日死去。遺骨は沼津市浜道の千本山乗運寺境内の墓地に埋葬、法名は古松院仙誉牧水居士。

（編集部編）

書誌

【歌集】

海の声（第一歌集）	明41・7生命社
独り歌へる（第二歌集）	明43・1八少女会
別離（第三歌集）	明43・4東雲堂書店
路上（第四歌集）	明44・9博信堂書房
死か芸術か（第五歌集）	大1・9東雲堂書店
みなかみ（第六歌集）	大2・9籾山書店
秋風の歌（第七歌集）	大3・4新声社
砂丘（第八歌集）	大4・10博信堂書房
朝の歌（第九歌集）	大5・6天弦堂書房
白梅集（第十歌集・喜志子と共著）	大6・8抒情詩社

渓谷集（第十二歌集） 大7・5東雲堂書店
さびしき樹木（第十一歌集） 大7・7南光書院
くろ土（第十三歌集） 大10・3新潮社
山桜の歌（第十四歌集） 大12・5新潮社
黒松（大悟法利雄・若山喜志子共編） 昭13・9改造社

【歌書他】

牧水歌話 明45・3文華堂書房
旅とふる郷 大5・6新潮社
和歌講話 大6・2天弦堂書房
海より山より 大7・7新潮社
比叡と熊野 大8・9春陽堂
作歌捷径 批評と添刪 大9・12聚英閣
静かなる旅をゆきつつ 大10・7アルス
短歌作法 大11・12春陽堂
小さな鶯（童謡集） 大13・5弘文堂
みなかみ紀行 大13・7摩雲巓書房
樹木とその葉 大14・2改造社
牧水全集 全十二巻 昭4・8～5・8改造社
若山牧水全集 全十三巻 昭33・5～34・6雄鶏社
若山牧水全歌集 昭50・4短歌新聞社
若山牧水全集 全十三巻補一巻 平4・10～5・12増進会出版社

【文庫】

若山牧水歌集（選・解＝若山喜志子） 昭11・10、昭40・12改版 岩波文庫
若山牧水歌集（編＝伊藤一彦） 平16・12岩波文庫
みなかみ紀行（解＝若山旅人） 平5・4中公文庫
新編みなかみ紀行（編＝池内紀） 平14・3岩波文庫
若山牧水随筆集 平12・1講談社文芸文庫
牧水富士山 平24・11沼津牧水会

（編集部・作成）

参考文献

若山喜志子・大悟法利雄編『若山牧水全集』（雄鶏社）
大岡信・佐佐木幸綱・若山旅人編『若山牧水全集』（増進会出版社）
大悟法利雄編『若山牧水全歌集』（短歌新聞社）
大悟法利雄著『若山牧水伝』（短歌新聞社）
大悟法利雄著『若山牧水新研究』（短歌新聞社）
大悟法利雄著『鑑賞　若山牧水の秀歌』（短歌新聞社）
大悟法利雄編『牧水写真帖』（西日本新聞社）
石井みさき著『父・若山牧水』（五月書房）
山崎斌著『牧水』（紀元社）
森脇一夫著『若山牧水研究―別離研究編―』（桜楓社）
森脇一夫著『若山牧水研究―別離校異編―』（桜楓社）
佐藤緑葉著『若山牧水』（興風館）
長谷川銀作著『牧水襍記』（図書研究社）
塩月眞著『牧水の風景』（延岡東郷町人会）
有本芳水著『笛鳴りやまず』（中公文庫）
川西政明著『新・日本文壇史』第二巻（岩波書店）
上田博他著『和歌文学大系』第二十七巻（明治書院）
船橋豊著『古代日本人の自然観』（審美社）

相良亨著『誠実と日本人』（ぺりかん社）
佐佐木幸綱著『底より歌え』（小沢書店）
佐佐木幸綱著『現代短歌』（角川書店）
有吉保編『和歌文辞事典』（桜楓社）

「創作」昭和三年十二月「若山牧水追悼号」
「新声」明治三十八年～明治四十一年（新声社等）
「日本短歌」昭和十五年九月「若山牧水を憶ふ」（日本短歌社）
「短歌研究」昭和十五年九月「特輯　若山牧水」（改造社）
「短歌研究」昭和六十年八月「若山牧水生誕百年記念　牧水と旅する」（短歌研究社）
「短歌」昭和六十年八月「若山牧水─生誕百年記念─」（角川書店）
牧水研究会編「牧水研究」一～十七号（鉱脈社）

数多くの著書および論文等を参考にさせていただいた、主なものだけを掲げた。ここに掲げなかった文献も本文中に引用させていただいている。それらについてはその都度出典を記しておいた。

初出一覧

Ⅰ　牧水という人品
「牧水研究」第十五号／平成二十五年十二月

Ⅱ　運命の女——小夜子
「牧水研究」第七・八・十一号／
平成二十一年二月・同二十二年七月・同二十四年一月

Ⅲ　若き日の牧水の自然と「かなしみ」
「牧水研究」第五・六号／平成二十年十一月・同二十一年一月

Ⅳ　牧水における和語と漢語——『別離』を中心に
「牧水研究」第十六号／平成二十六年四月

Ⅴ　『別離』（上巻）の句切れを見る
「牧水研究」第十三号／平成二十四年十二月

Ⅵ　牧水の破調・自由律を読む——『死か芸術か』『みなかみ』の世界
「梁」第八十九号／平成二十六年八月

Ⅶ　何故に旅に
「文學・語学」第二〇八号／平成二十六年三月

Ⅷ　ターニングポイントの花——牧水と山桜
「牧水研究」第十四号／平成二十五年六月

Ⅸ　その親和性——『くろ土』の世界
「牧水研究」第十七号／平成二十六年十二月

若山牧水――その親和力を読む

二〇一五年六月二十二日　第一刷発行
二〇一八年七月　十八　日　第三刷発行

著者――伊《い》藤《とう》一《かず》彦《ひこ》
発行者――國兼秀二
発行所――短歌研究社
東京都文京区音羽一―一七―一四　音羽YKビル　郵便番号一一二―〇〇一三
電話〇三―三九四四―四八二二　振替〇〇一九〇―九―二四三七五
印刷所――豊国印刷
製本者――牧　製　本
造本・装訂――間村俊一
定価――本体二〇〇〇円（税別）

ISBN978-4-86272-459-5 C0095 ¥2000E